となりの
きみの
クライシス
作 濱野京子
絵 トミイマサコ
さ・え・ら書房

となりのきみのクライシス

目次

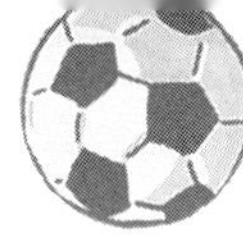

一　ムカつく！

掲示板《けいじばん》に張《は》られたクラスごとの名簿《めいぼ》で、わたしより先に名前を見つけた久保光咲《くぼみさき》が、かけよってきて腕《うで》をつかんだ。

「葉菜《はな》、同じクラスだよ！」

「ほんと？」

六年一組のところに、たしかにわたしたちの名前がならんでいた。金沢葉菜《かなざわはな》。そのとなりに久保光咲。わたしは改めて、光咲《みさき》とハイタッチした。

わたしが通っている緑野《みどりの》小学校は、毎年クラス替《が》えがある。一学期の始業式の今日は、ドキドキしながら登校したのだけれど、親友の光咲と同じクラスになれるなんて、ついてる！

光咲とは、去年初めて同じクラスになった。そして五月に、児童館《じどうかん》で行われたヒップホップのレッスンに参加した時、そこに光咲がいたのがきっかけで親しくなった。二人ともKポップのM☆ガールズが好きなことがわかってからは、いっそう仲よくなった。M☆ガールズは、四人組のユニットで、ダンスがなんといってもクール。光咲とは推《お》しはちがったけど、それがまたよかったのかも。

秋に、児童館《じどうかん》でKポップダンスのクラスができたので、それにもいっしょに参加した。すごく楽しかった。レッスンの日には、おそろいの丈《たけ》の短いヘソ出しTシャツでいっしょにおどった。髪《かみ》も同じくらいの長さのポニーテールで、ほかのメンバーからは、姉妹みたい、なんて言われた。

もちろん、ダンスだけじゃなくて、本を貸《か》し借《か》りしたり、おたがいの家で遊んだりしている。

わたしは、光咲とならんで新しい教室に入っていった。

わたしたちの新しい担任《たんにん》は、ほかの学校から転任《てんにん》してきた男の先生だ。

初めて教室の教壇《きょうだん》に立った時、黒板に「杉田稔《すぎたみのる》」と大きく書いてから、わたしたちの方に向き直り、こんなふうに話した。

「ぼくの名前は杉田稔です。みなさんは六年生ですね。実はぼくも、今年は先生になって六年目の六年生です。これから卒業までの一年間、いっしょに楽しく学んでいきましょう」

はきはきして聞き取りやすい声だった。

先生六年目ということは、たぶん、三十歳《さい》ちょっと前ぐらい。短い髪《かみ》で背《せ》はわりと高め。背中《せなか》がしゃんと伸《の》びていて姿勢《しせい》がいい。始業式なのでスーツ姿《すがた》だけど、かた苦しい感じはしない。イケメンってほどではない。でも、笑った顔がけっこういいな、と思った。

うしろの席にすわっていた光咲が、ツンツンと背中《せなか》をつついた。そっと振《ふ》り向《む》くと、光咲の口が「どうかな」と動いた。わたしは「まあまあ」と口パクで返した。それが、杉田先生の第一印象《だいいちいんしょう》だった。

次の日、くじ引きで席決めをした。わたしは窓側《まどがわ》の前から二つめ。残念ながら、光咲とは離《はな》れてしまった。

となりになったのは、横堀紳《よこぼりしん》という男子だ。たしか、四年生の時に転校してきた子で、同じクラスになったのは初めて。小柄《こがら》でやせた、おとなしそうな子だった。紳の前が田《た》中樹紀《なかみきのり》だ。樹紀とは去年も同じクラスだったが、もともと口数が少ないのでほとんど話したことはない。勉強が得意で特に算数ができるけれど、授業中《じゅぎょうちゅう》に発言することはめったになかった。そのとなり、つまり、わたしの前は、菅野阿美《かんのあみ》。阿美は、丸顔のショートカットで、音楽が得意。この四人が同じ班《はん》だ。

それは、始業式から一週間ぐらいたった日の朝。わたしが教室に足を踏《ふ》み入《い》れた時だった。

「ふざけるなよ！」

空気を裂《さ》くような金切り声がひびく。びっくりして声がした方を見ると、筒井紀里佳《つついきりか》が手を腰に当てて、肩《かた》をいからせて立っていた。高い位置で結んだツインテールがゆれている。どなられた相手は、紀里佳ととなりの席の星野賢也《ほしのけんや》だった。賢也は、フンと鼻を鳴らすと、ニヤニヤ笑いながら言った。

「どうしよう。大事な大事な紀里佳ちゃんを、怒《おこ》らせちゃったよぉ」

賢也のまわりにいた男子が、へらへらっと笑った。

わたしは、光咲のそばに歩みよって、そっと聞いた。

「どうしたの？　紀里佳」

「よくわかんないけど、賢也が、何か紀里佳のお母さんのこと、からかったみたい。最初は無視《むし》してたんだけど、急に立ち上がって、どなったの。びっくりしたよ」

「紀里佳のお母さんって……」

「知ってるでしょ、葉菜も」

わたしはこくんとうなずいた。

紀里佳とは、一年生の時に同じクラスだったけれど、二年から五年までは、ずっとちがうクラスだったので、いつもかわいいかっこうをしているちょっと目立つ子、ということ以外、あまりよく知らない。でも、紀里佳のお母さんのことは、紀里佳のことよりも知っている。たぶん、そんな子はけっこう多いだろう。それぐらい、紀里佳のお母さんは有名人なのだ。

紀里佳は、賢也が机《つくえ》に出していたペンケースを、バシッと手で払《はら》った。缶《かん》のペンケースが、カランと音を立てて床《ゆか》をはね、中の鉛筆《えんぴつ》や消しゴムがあたりに飛び散った。

さっきまでニヤニヤ笑っていた賢也の顔色が変わった。

「てめえ、何すんだよ！」

そして、紀里佳に歩みよると、胸《むな》ぐらをつかもうとするかのように手を伸《の》ばす。その時だった。

「ストップ！　はい、そこまで！」

われるような大声に、一瞬《いっしゅん》、賢也の手が止まった。大声の主は、杉田先生だった。止まったのは賢也の手だけではなかった。教室にいただれもが、動きを止めて、先生を見つめていた。

先生は、わりこむように二人の間に入り、

「あちゃあ！」

と、わざとらしく、頭に手をやった。それから、その場にかがみこんで、ペンケースと散らばったものを拾いはじめた。

「ありゃりゃ、鉛筆《えんぴつ》の芯《しん》、折れてるよ。職員室《しょくいんしつ》に、鉛筆削《えんぴつけず》りがあるから削《けず》りにおいで」

先生は、その場に立ちつくしていた賢也にペンケースをわたすと、ポンポンと肩《かた》をたたくと、さあ、というふうに、賢也を連れて教室から出ていった。

紀里佳は、むすっとしたまま席に着いた。

賢也と先生がもどってきたのは、ちょうどチャイムが鳴った時で、教壇《きょうだん》に立った先生を見て、すぐに日直が号令をかけた。

「起立！」

いっせいに朝のあいさつをすませると、先生は無言のまま、黒板に何か書きはじめた。

相手がいやがることは言わないようにしよう
ものにあたるのはやめよう

「今日の目標です」

先生は、ひとこと言うと、すぐに一時間目の授業《じゅぎょう》を始めた。


学校から、わたしの住むマンションまでは、歩いて十分ぐらいだ。その日、わたしが帰り着くと、オートロックを開けようと鍵《かぎ》をさがしている賢也がいた。

「鍵《かぎ》、忘《わす》れたの？」

そう言いながら、わたしは鍵《かぎ》を開けた。すぐにドアが開く。その時になって、

「見つかった」

と、賢也は少し照れたように笑った。賢也とは同じマンションに住んでいる。わたしの家は五階の501号室、賢也の家は三階の303号室だ。

「朝のことだけど、職員室《しょくいんしつ》で、杉田先生に怒《おこ》られた？」

「別に。先生が黒板に書いたのと、同じことを言われただけ」

「あんなふうに紀里佳と言い争うなんて、らしくないよ。大事な大事な紀里佳ちゃん、とかって、いやな感じだったし」

「ああ、あれは、紀里佳の母ちゃんの口ぐせなんだ。チョー過保護《かほご》だからな」

「賢也、去年も紀里佳と同じクラスだったんだっけ？」

「まあね。三度目かな」

わたしが賢也と同じクラスになったのは二度目で、前は三年生の時だ。そのあとは、今年までずっとちがうクラスだったし、学校で話したりすることはあまりない。でも、なんといっても同じマンションに住んでいるので、小さいころから知っているし、家族ぐるみのつきあいもある。

エレベーターに乗った時、ぼそっと賢也が言った。

「……ムカつく」

「え？」

「なんでもねえ」

「ねえ、ほかにも紀里佳を怒《おこ》らせるようなこと、言ったりしてないよね？」

「ほかにって……。つええ母ちゃんがいていいよな。千葉《ちば》と同じクラスにしてくれって、頼《たの》んだろ、って言ってやった」

「どういうこと？」

「あいつ、弘之《ひろゆき》のことが好きなんだ」

千葉弘之《ちばひろゆき》くんは、スポーツ万能《ばんのう》で背《せ》が高く、女子にも男子にも人気がある。リーダーシップもあって、クラスの代表委員に選ばれたばかりだ。

「そうなの？」

「紀里佳は、いばってるくせに、弘之の前だとぜんぜん態度《たいど》がちがうんだ。マジ感じ悪い」

「だからって……」

賢也は、思ったことをわりと口にしてしまうタイプではあるけれど、さっぱりしていて、ふだんは皮肉っぽいことを言ったり、どなったりはしない。

「……いらいらしてたから」

「………」

エレベーターが三階で止まった。

「じゃあな」

賢也は、無愛想に言って降《お》りていった。賢也の背中《せなか》を見ながら、何かいやなことでもあったのかな、と首をかしげる。紀里佳のことが気に食わなかったとしても、あんなふうにからんだりするのは、やっぱり賢也らしくない。

家に入ってから、わたしは、賢也が言ったことを考えていた。賢也は、当てこすりを言っただけだと思う。本当に紀里佳が弘之のことを好きだとしても、母親に同じクラスになりたい、なんて言うだろうか。

もしかしたら、と思う気持ちも少しあった。

紀里佳のお母さんはきれいな人で、おしゃれだしスタイルもいい。でも、だから有名なわけではない。とにかく目立つのだ。運動会では、いちばん前で紀里佳を応援《おうえん》する。そういうときは、紀里佳のお父さんもいっしょ。二人して声援《せいえん》を送る様子は、はっきり言って、ちょっと引く。去年の学芸会でも、いちばん前の席でビデオカメラを回していた。

それだけではない。行事がない日も、たまに学校に来ている。わたしも何度か見かけたことがあった。そんな紀里佳のお母さんにまつわるうわさがいくつかあって、いちばん強烈《きょうれつ》なのは、三年の学芸会の時、紀里佳が劇《げき》の主役じゃなかったことで、校長先生に文句《もんく》を言いに行ったという話だった。

今日、からかわれてキレた紀里佳を見て、ちょっと苦手なタイプかも、とは思ったけれど、関わらなければいいだけだ。それよりも、賢也のことの方が気がかりだった。


その日の夕ご飯の時。

「新しいクラスはどう？」

とお母さんに聞かれた。夕ご飯を食べながら、お母さんは、学校のことや、通いはじめたばかりの英会話教室のことを熱心に聞く。わたしも、いろいろ話せるのがうれしい。

「まあまあかな。今日はね、賢也と紀里佳がけんかになっちゃったんだ」

「賢也くんがか？」

お父さんが聞いた。賢也のことは、わたしの両親もよく知っている。

「紀里佳ちゃんって、筒井さんだったわね」

「うん。賢也が、紀里佳のお母さんのことで、からかったの。そしたら、紀里佳がキレて、賢也のペンケース、ぶちまけちゃったんだ。でも、先生が上手に収《おさ》めたよ」

わたしは、そう言うと、お皿に残っていたお肉を口に放《ほう》り込《こ》んだ。

四人がけのダイニングテーブルは、わたしのとなりが空いている。もともと、兄の季《とし》和《かず》の席だけれど、トシ兄は、一年前から、北海道の高校に通っている。親元を離《はな》れて学《がく》生寮《せいりょう》で暮《く》らしているのだ。その高校は自由を重んじる校風で、学力レベルもまあまあだ。長期の休みには帰ってくるけれど、この間の春休みは、陸上部の活動があるし、友だちと旅行もするからと言って、家にいたのは三日だけだった。

家にいれば、時々はけんかになるけれど、いないとちょっとさびしい。

トシ兄が、その高校に行きたいと言った時、両親は反対だった。でも、よく話し合って、トシ兄がちゃんと自分でしっかり考えていると思ったから、最後は認《みと》めた。わたしは、そんな両親のことを、話のわかるいい親だと思っている。甘《あま》くないけれど、きびしすぎない。ちゃんとやりたいことを聞いてくれるから。

「賢也くんは、そんなにけんかっ早い子じゃないだろう?」

お父さんの言葉にうなずく。賢也には、静佳《しずか》ちゃんという二年生の妹がいて、けっこう面倒《めんどう》を見ていた。でも、この間の朝、登校する時に、大きな声で静佳ちゃんを叱《しか》っていた。なんとなくだけど、少し、荒《あ》れている気がした。だからといって、そんなことをお母さんたちに言うのはちがう、と思ったから、別のことを聞いた。

「親が、だれかと同じクラスにしてほしいと頼《たの》むとか、できると思う？」

「なんで、そんなことを？」

「紀里佳のお母さんが、紀里佳と千葉くんが同じクラスになるように、頼《たの》んだんだって、賢也が言ったの。それでけんかになったみたい」

「それ、本当のことなの？」

お母さんが聞いた。

「わかんないよ。だから、そんなこと、ほんとにあるのかなって……」

「ねえ、葉菜。そういう不確《ふたし》かなことを、だれかにしゃべったりしないようにね」

「わかってる」

わたしはうなずいたけれど、お母さんに言われなければ、明日、うっかり光咲に話してしまったかもしれない。でも、お母さんの言うとおりだ。

「どうしても必要な場合には、あるかもしれないな」

パパが言った。

「どういうこと？」

「たとえば、困難《こんなん》な状況《じょうきょう》にある子がいるとして、その子のことをよく理解《りかい》している友だちがいるとしたらどうだろう」

「でも、うちのクラスには、そういうことはなさそう」

「ねえ、葉菜。もしも、筒井さんのお母さんが、そういう頼《たの》みごとをしたとしても、だからといって、そのことで、筒井さんのことをずるいとか思ったり、仲間はずれにしたりしたらだめよ」

「そんなの、当たり前だよ」

わたしはちょっと口をとがらせる。同じクラスの子を仲間はずれにするなんて、ありえない。

「そうよね。葉菜は、何が正しいか、ちゃんと自分で考えられる子だものね」

と、お母さんは笑った。

「ねえ、今日帰ってきた時、賢也のお母さん、いなかったみたいだけど」

賢也のお母さんは、パートで働いている。ふだんは、わたしたちが帰ってくるころには家にいることが多い。

「ああ、そのこと？　賢也くんのお母さんは、お仕事を変えたそうよ。だから、昼間はいないのよ」

「転職《てんしょく》したってこと？」

「そう。前は、パートタイムだったでしょ。でも、フルタイムのお仕事に変わったの。帰りも夜になるから、それで、賢也くんもいろいろ大変なのかもしれないわね」

「うちだって、お母さんもお父さんも、仕事しているよね」

「うちは、もともとそうだから。賢也くんのお母さんは、フルタイムで働きはじめたばかりだし、静佳ちゃんもまだ小さいから、慣《な》れるまでうまくはいかないことだってあるかもしれないでしょうね」

それって、賢也のいらいらと、関係があるのだろうか。あの時、ムカつく、とつぶやいたことが気になった。はっきりと何かについて言ったというよりも、心で思っていることが、ついもれたような小さな声だった。

それからは、賢也と紀里佳がぶつかるようなことはなかった。

けれど、しばらくたって、わたしはまたしても、賢也のつぶやきを耳にすることになった。紀里佳に対してではない。

教室で、わたしの席のそばを通った賢也が、ぼそっとつぶやいたのだ。

「ムカつくんだよな」

はっとして賢也を見る。今の、わたしに言ったの？

でも、そうではなかった。どうやら、となりの席の紳に向けて言ったようだった。小さな声だったし、このときも、心で思ったことがつい出てしまったみたいな感じだったから、たぶん、紳には聞こえなかっただろう。

紳は、目立たないおとなしい子だ。紳の何がムカつくのだろうか。それとも、もっとちがう何か、賢也をいらいらさせるものがあるのだろうか。

紀里佳は、賢也とけんかしたあと、直接叱《ちょくせつしか》られたりしなかったせいか、杉田先生になついている。それがよかったのかもしれない。ゴールデンウィークの前まで、紀里佳のお母さんは、一度も学校には来なかった。

二　ずるい！

ゴールデンウィークが明けたころには、杉田《すぎた》先生はスギッチと呼《よ》ばれるようになっていた。先生の中では若《わか》い方だし、サッカーも上手なので、光咲《みさき》も、

「まあまあ、あたりかもね」

と言っている。

となりの席の紳《しん》は、口数の少ない子で、話しかけてもあまり言葉が返ってこない。さわいだりしないところはいいけれど、ちょっとつきあいづらい感じで、一ヵ月たっても、打《う》ち解《と》けることができなかった。まあ、男子だから、そんなものかもしれないけれど。樹紀《みきのり》もおとなしいので、わたしの班《はん》は、給食の時間なんかも、わりと静かだ。

算数のミニテストの時、杉田先生は、通路をゆっくりと歩きながら、そっとわたしたちの答案を見ている。時々、先生が、トントンと机《つくえ》をたたくことがあった。ちょうど紳の机《つくえ》のそばに来た時、先生がトントンとたたいた。先生の指先は、答案用紙の一ヵ所を指しているようだった。はっとして顔を上げた紳は、先生と目が合うと、にこっと笑った。

横目で見ていたわたしは、思わず目を見張《みは》った。紳って、こんなふうに笑うんだ、と思ったからだ。

先生のトントンは、どうやら、ここ、ちがうぞ、という意味らしい。それを教えてくれたのは光咲だった。

「あたしや葉菜《はな》はさ、あんまり計算まちがえたりしないでしょ？　だから机《つくえ》をたたかれてないんだよ。でも、それって、ちょっとひいきなんじゃないかなあ」

「どうだろ。答えを教えてもらってるわけじゃなくて、ここ、注意しろよって感じだから、ひいきとまでは言えないんじゃないかな。ミニテストは、成績《せいせき》に関係ないって言ってるし」

わたしがそう言うと、

「まあ、それもそうだね」

と、光咲も笑ったので、そのことはすぐに忘《わす》れてしまった。

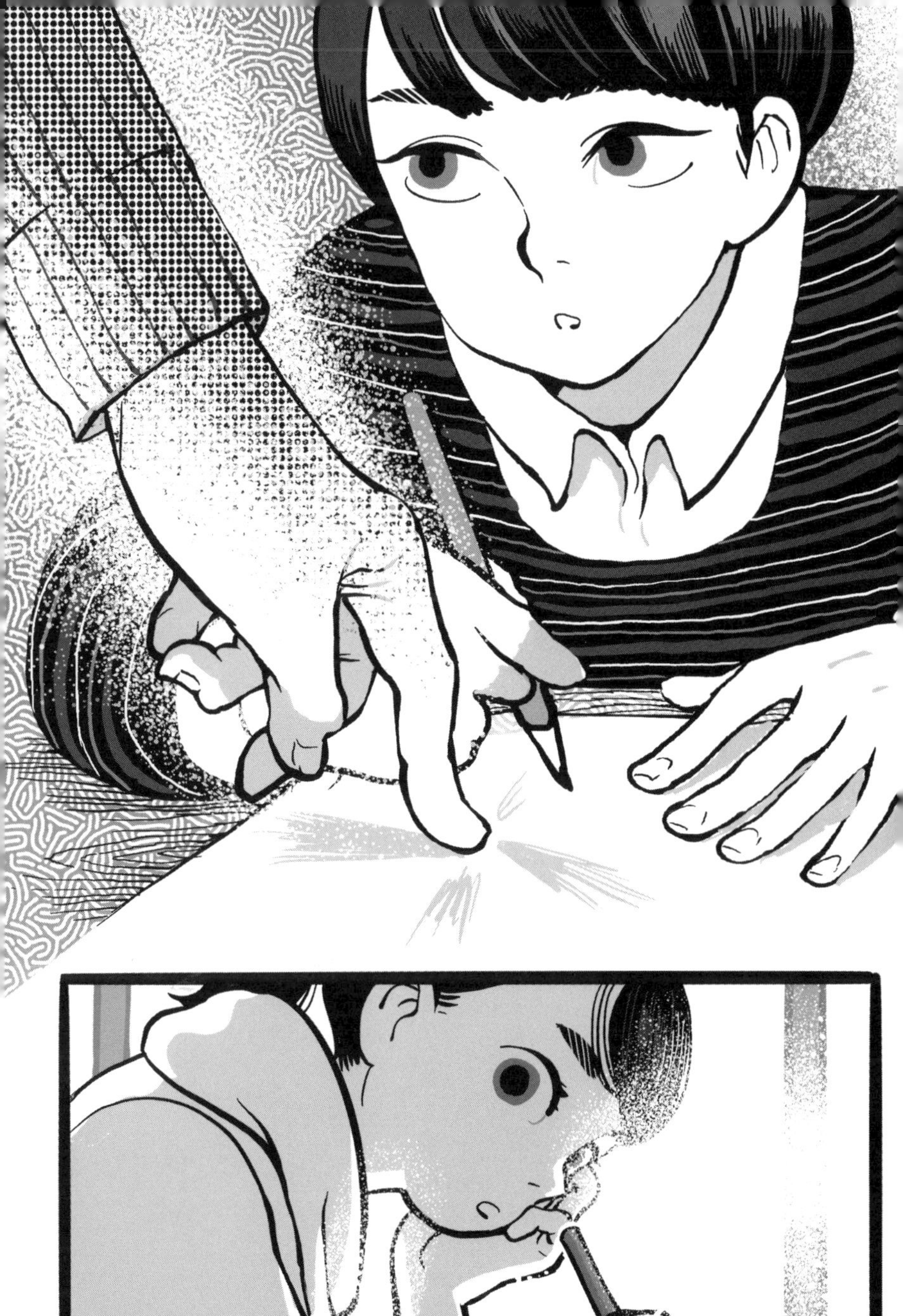

毎朝、わたしとお母さんはいっしょに家を出る。お母さんの会社は、隣町《となりまち》なので、都心で働いているお父さんほど早く家を出る必要はないのだ。

その日は、いつもより少し早く会社に行くというので、わたしも早めに学校に行くことにした。

「ちゃんと戸締《とじ》まりしてくれれば、葉菜はいつもどおりでいいのよ」

その戸締《とじ》まりがちょっと苦手なのだ。ちゃんと鍵《かぎ》をかけたかなって、心配になってしまうから。でも、そんなことを気にするとは思われたくないから、

「たまには早く行くのもいいし。学校の門が閉《し》まってるわけじゃないもん」

と、お母さんに言った。

学校には、ふだんよりも十五分ぐらい早く着いたので、まだ来ている子は少なかった。

がらんとした昇降口《しょうこうぐち》で上履《うわば》きにはきかえていると、だれかの話す声が聞こえてきた。

「つい、買いすぎたんだ。余《あま》っているものだから、横堀《よこぼり》くんが食べてくれたら、うれしいんだ」

それは、杉田先生の声だった。答えるように紳が何か言ってたけど聞き取れない。

「朝ごはん、食べられなかったときは、言うんだよ。おれは、食いしんぼうだから、いつもパンやおにぎりを余分《よぶん》に持っているんだ。遠慮《えんりょ》はいらないからな」

わたしは、靴箱《くつばこ》の陰《かげ》からそっと二人をのぞいた。先生は紳の肩《かた》をポンポンとたたいて、にっこり笑った。紳は背中《せなか》しか見えなかったので、表情《ひょうじょう》はわからなかった。

でも、どういうことなのかはわかった。先生は、紳が朝ごはんを食べないで学校に来たことがわかって、パンをあげたのだ。

教室に入ったのは、わたしがいちばんだった。少しして、次々にクラスメイトが登校してきた。紳が入ってきたのは、それから十分ぐらいたってから。きっと、もらったパンをどこかで食べてきたのだろう。

紳は、一人っ子なのかな。もし、きょうだいがいるとしたら、その子も朝ごはんを食べてないのかもしれない。お父さんやお母さんは、どうしているのだろうか。気になったけれど、そんなことを本人に聞けるわけがない。

紳は授業中《じゅぎょうちゅう》に手を上げることはめったにない。わたしも、進んで手を上げるのは苦手だけれど、指されればたいていは、しっかり答えることができる。でも、紳は、声が小さくて聞きづらいし、指されても、わかりません、とだけ言って下を向いてしまうこともある。もともと、勉強はそんなに得意ではないみたいだ。

国語の時間、だれかが本を読んでいる時に、うつむいて鉛筆《えんぴつ》を走らせていたので、こっそり横目で見ると、ノートに落書きをしていた。それは男の人の顔で、なかなか上手だった。なんとなく、杉田先生に似《に》ている気がした。


下校の時、光咲と別れたあとで道を曲がると、賢也《けんや》が少し前を歩いていた。わたしは、少し足を速めて賢也に追いついた。

「ねえ、賢也。横堀くんと同じクラスだったことあったっけ」

「去年も同じだったよ」

「横堀くんって、何人家族なの?」

賢也は、眉《まゆ》を寄《よ》せてわたしを見た。

「なんでそんなこと聞くんだよ」

わたしは、少し迷《まよ》ったけれど、朝見たことを賢也に話した。

「あいつ、スギッチにひいきされてるんじゃね?」

「そういうことじゃないでしょ。スギッチ、ひいきするって感じないもん」

ちょうど、マンションの入り口に着いたところで、賢也がオートロックを解除《かいじょ》した。

「まあ、おれも、スギッチはきらいじゃねえけど。紳は、見ててちょっといらいらするよな」

わたしはいつだったか、ムカつく、と賢也が言ったことを思い出した。

「きらいなの？　横堀くんのこと」

「あいつ、ふだんぼうっとしてるくせに、シュート決めやがって。マジ、ムカついた」

わたしは思わず笑い出してしまった。なんだ、そういうことだったのか。

「サッカーの話？　それって、逆恨《さかうら》みだよ」

「わかってるよ。だけど、腹立《はらた》つんだからしょうがねえだろ」

「けど、朝ごはん、食べてこないとしたら……」

「……紳は、たしか、お父さんと二人暮《ぐ》らしだったんじゃないかな。四ツ木《よつぎ》公園のそばのアパートに住んでる」

四ツ木公園というのは、家から駅に向かう途中《とちゅう》にある小さな公園で、遊具はブランコとすべり台、砂場《すなば》があるだけだ。小さいころは時々遊んだけれど、最近はめったに行くこともなくなっていた。

「お母さんは、亡《な》くなったの?」

「そこまで知らねえよ」

「そっか。けど、お母さんいないと、朝ごはんとか、心配だね」

「紳だけじゃねえだろ」

「……そうなの?」

「おれ、この前の朝、となりのクラスの子に、稲葉《いなば》先生が、こっそりおにぎりあげてるの見たことある」

稲葉先生というのは保健《ほけん》の先生だ。わたしのお母さんより少し年上の、丸顔でぽっちゃりした人で、いつもにこにこしている。

「そうなの?」

「うん。たぶん、そういうのってたまにあるんじゃないかな。じゃあな」

ちょうど、いっしょに乗ったエレベーターが三階で止まって、賢也は軽く手を振《ふ》って降《お》りていった。

夕飯の時、わたしはお母さんに、

「ねえ、うちのクラスに、朝ごはん、食べてこない子、いるみたい」

と言った。

「ダイエット？　だめよ、朝ごはんはしっかり食べないと」

「そうじゃなくて……。作ってもらえないとか、よくわかんないけど」

「ああ、そういうことね。まあ、日本の子どもの七人に一人が貧困《ひんこん》って言われているものね。そういう子がいても、不思議ではないのかもしれない」

お母さんは、そう言ってため息をついた。

「七人に一人？」

ということは、うちのクラスに、四人ぐらいいるってこと？

「だからって、みんながみんな、朝ごはんを食べられないわけじゃないでしょうけれど。とにかく、葉菜みたいに恵《めぐ》まれた子ばかりじゃないことは、わかっていた方がいいわよ。葉菜には、世の中のことに、ちゃんと関心を持つ人になってほしいの」

わたしは、わかった、というふうにうなずいた。

朝、教室に入ると、近づいてきた光咲に、

「ごめん！」

と、いきなりあやまられてしまった。おはようを言う前のことで、わたしは、なにごと？　というふうに光咲を見つめてから聞いた。

「どしたの？」

「明日、遊べなくなっちゃった」

その日は金曜日で、明日は光咲の家でボードゲームをやる約束をしていたのだ。

「何かあったの？」

「……少し前に、おばあちゃんが亡《な》くなって、それで、おじいちゃんがいっしょに暮《く》らすことになったって、話したよね」

「うん」

けれど、なぜ、光咲の家で遊べなくなったのかはわからなかった。光咲は、ぽつりぽつりと説明しはじめた。時々、眉《まゆ》を寄《よ》せながら。

「いっしょに暮《く》らしてなかった時は、気がつかなかったし、おばあちゃんがやさしかったから……おじいちゃん、なんていうか、頑固《がんこ》で……。友だちが遊びに来るって言ったら、女の子の声は甲高《かんだか》くてやかましいから、来ないでくれって」

「マジ？」

いくらなんでも、それはひどいなと思ったけれど、光咲を責《せ》めることはできない。

「ムカついたけど、おじいちゃんは、おばあちゃんを亡《な》くしたばかりだし、おじいちゃんの言うとおりにしてって、ママが言うから」

「そっか。じゃあ、そのうちきっと、だいじょうぶになるんじゃない？　明日はうちで遊ぼうよ」

「いいの？」

光咲の顔がぱっとかがやいた。


次の日、光咲はお昼過《ひるす》ぎにやってきた。玄関《げんかん》を開けたのはお母さんだった。

「光咲ちゃん、いらっしゃい。久《ひさ》しぶりね」

「こんにちは。おじゃまします」

「わたしは、これから買い物に行くけれど、光咲ちゃん、ゆっくりしていってね。葉菜、テーブルにクッキーがあるから、二人で食べなさい」

お母さんは、そう言うと、出かけていった。

「何しようか。うちにはボードゲームないし」

光咲は、それには答えないで、

「ねえ、お父さんもいないの？」

と聞いた。

「うん。休日出勤《きゅうじつしゅっきん》」

光咲は、にやっと笑った。

「だったら、おどらない？」

「いいね！」

去年の冬に、児童館《じどうかん》の発表会でやったKポップの曲をスマホで流しながら、わたしたちはおどりはじめた。あの時は五人のグループで、おそろいの黒いタンクトップを着た。ルーズフィットのパンツは色ちがいで、わたしはブルーで光咲はオレンジだった。

二回、同じ曲でおどったあとは、音楽だけ流して、クッキーをつまみながらおしゃべりした。

「やっぱダンスは楽しいなあ」

という光咲に、わたしもうなずく。

「ヒップホップも、やりたかったなあ」

「そうだね」

正直なところ、去年の春に習ったヒップホップはわりと簡単《かんたん》で、ちょっと物足りなかった。だから、今年の初めに、四月から上級クラスができると聞いた時は、すごくやりたいと思った。

でも、結局ヒップホップはあきらめた。六年生になったら英会話教室に行こうと思っていたからだ。お母さんに、どちらか一つ、やりたい方を自分で選びなさい、と言われて、結局、英会話を取ったのだった。なぜかといえば、高校生か大学生になったら、外国に留学《りゅうがく》したい、という夢《ゆめ》があるから。光咲は「葉菜の夢《ゆめ》、応援《おうえん》したいから、英会話を選ぶ方がいいと思うよ。でもやっぱり、葉菜がいっしょじゃなきゃ楽しくない」と言って、児童館《じどうかん》のヒップホップの上級クラスには参加しなかった。

「ねえ、光咲、チアリーディングもおもしろそうだよね」

「あ、それ、あたしも、ちょっと興味《きょうみ》ある」

「中学生になったら、いっしょに、ダンス部に入らない？　チア、できるかも」

「……あたしは、むずかしいな」

光咲はそう言って、ふっとため息をついた。

「どして？」

「家で練習できそうもないし」

「できそうもないって？」

「おじいちゃんが、うるさいって言うから。部屋でちょっとおどってても、すぐに文句《もんく》言うの。それに、タブレットでヒップホップの動画見てた時も、ちらっとのぞいて、おどってる子たちのかっこうがみっともないって」

「……きびしいんだね、光咲のおじいちゃんって」

「それがさあ、耀太《ようた》には、ゲキ甘《あま》なの」

耀太というのは、光咲の四つ年下の弟で、わたしもよく知っている。光咲はわりとしっかりタイプだけど、耀太くんはちょっと甘《あま》えんぼうだ。

光咲は、またため息をついてから、口を開く。

「耀太にだけ、文房具《ぶんぼうぐ》とかアイスとか、買ってあげたりするんだよ」

「たまたまじゃないの？」

光咲はきゅっと唇《くちびる》をかんで首を横に振《ふ》った。

その時はまだ、そんなにたいしたことだとは思っていなかった。でも、そのあと、光咲がため息をつくことがますます増《ふ》えていった。

わたしが、初めて光咲のおじいさんと会ったのは、うちで遊んでから二週間後の土曜日だった。

その日、おじいさんは耀太くんを連れて出かけるというので、光咲の家でゲームをやることにしたのだ。ところが、わたしが着いてから、三十分ぐらいして、おじいさんと耀太くんが帰ってきた。

「帰りは夕方って聞いてたのに」

光咲が小声で言った。リビングルームに入ってきたおじいさんが、わたしをちらっと見たので、立ち上がってあいさつをした。

「こんにちは。おじゃましています」

なるべくはきはきと言ったけれど、おじいさんは、険《けわ》しい顔のまま、じろりとわたしを見て、少しうなずいただけだった。小柄《こがら》でやせたおじいさんは、目がぎょろっとして、いかにも気難《きむずか》しそうな感じの人だった。

リビングルームを出ていきながら、

「いまどきの女の子は、ずいぶんだらしないかっこうをするんだな」

というつぶやきが聞こえた。つぶやき、とはいっても、聞こえるように言ったみたいだ。わたしが着ていたのは、ハーフパンツに、だぼっとしたTシャツ。

「ごめん、葉菜。気にしないで」

「だいじょうぶだよ」

「おじいちゃん、いつもああなの。あたしたちのことなんて、まるでわかろうとしないんだ。女のくせに行儀《ぎょうぎ》が悪いとか、しょっちゅう叱《しか》るし、あたしの服装《ふくそう》とかにも文句《もんく》言うんだよね」

そういえば、最近、光咲はカーゴパンツをはかなくなった。今日もおとなしめのスカート姿《すがた》だ。

「これ、買ってもらっちゃった」

耀太くんが、自慢《じまん》するようにラジコンカーの箱を見せびらかした。

「っていうか、耀太、なんでこんなに早く帰ってきたの？」

「……だって、おじいちゃんといたって、おもしろくないもん」

「もう、わがままなんだから。自分だけいろいろ買ってもらってるくせに」

光咲は舌打《したう》ちしながら言った。耀太くんは、べー、っと舌《した》を出して、リビングから出ていった。

「けっこう高そうなおもちゃだったね」

「とにかく、耀太には甘《あま》いんだ。おんなじ孫でも、どうせ女は嫁《よめ》に行くって言ったんだよ。信じられないよ。もう二十一世紀なのに」

それから、光咲のグチはしばらく続いた。おじいさんといっしょに暮《く》らすようになってから、なんでも耀太くんが優先《ゆうせん》されるようになってしまったのだそうだ。

「耀太は、久保家《くぼけ》の跡取《あとと》りだからな、だって。ばかみたいだと思うけど、ご飯とかも耀太に先にあげなさいって、ママに言うんだもん。ママもパパも、おじいちゃんの言いなりなの」

光咲は、ふーっとため息をついた。

わたしは、その日の夕ご飯の時、お父さんとお母さんに光咲のおじいさんの話をした。

「それは、光咲ちゃん、かわいそうね」

お母さんが眉《まゆ》を寄《よ》せると、お父さんも、

「おじいさんと言っても、戦後生まれだろ？　ちょっと信じられないな」

と言った。

「戦後って、第二次世界大戦だっけ？　日本は、戦争に負けたんだよね」

「そうだよ。戦争に負ける前は、女の人は選挙権《せんきょけん》もなかった。でも戦争に負けてから、自由で平等な民主主義《みんしゅしゅぎ》の国に生まれ変わったんだ」

お父さんが言うと、すぐにお母さんが、続けた。

「実際《じっさい》には、いろんな差別があったりするし、古い考えの人もいるからね。わたしの会社に男の子が生まれないことを悩《なや》んでいた人がいて、びっくりしたことがある。結婚《けっこん》した相手のご両親から、早く跡取《あとと》りになる息子を、って言われるんですって」

「女の子だと、跡取りになれないの？」

「そう考える人もいるんだよ。まあ、代々《だいだい》続くような商売やっている家だと、いろいろあるんだろうけれど、うちみたいな家庭には関係ないことだから、葉菜はそんなことを気にしなくていいんだよ。おじいちゃんたちだって、葉菜に、女の子らしくしなさい、なんて言わないだろ？」

「そうよ。葉菜は、自分がやりたいことをやればいい。英会話も葉菜が選んだことでしょ。もちろん、季和《としかず》とだって平等だからね」
わたしは、うちには光咲のおじいさんのような親戚《しんせき》がいなくてよかった、と思った。
そんなふうに思うのが、光咲にはちょっと申しわけない気がしたけれど。

三　なんであの子だけ？

紳《しん》の机《つくえ》がトントンとたたかれたので、はっとなって顔を上げた。紳のそばを通りぬけた杉田《すぎた》先生は、教壇《きょうだん》に向かってゆっくりと歩いていく。そして、紳の前にすわっている田中樹紀《たなかみきのり》の答案をのぞき見て、机《つくえ》をトントンとたたいた。そんなことが気になっていたせいだろうか。めずらしく、わたしは計算を一つまちがえてしまった。

×《ばつ》のつけられたミニテストの結果を見ながら、先生は、わたしにはまちがいを教えてくれなかったな、と思った。

となりの席の紳が、答案をかくすこともなく、机《つくえ》の上に置いて見ている。

「テスト、どうだった？」

と聞いてみた。すると、紳はなぜか少し顔を赤くしてうつむいた。そっと横目でのぞくと×《ばつ》が三つ。でも、赤い文字で何か書いてあった。――がんばったね。その調子！

わたしは、そんなふうに先生に書いてもらったことは一度もなかった。

そのことを光咲《みさき》に言うと、

「あたしもないなあ。ミニテストの時、まちがいを教えてもらったこともないし。あんまりまちがえないせいもあるけど、いつもいつも、満点ってわけでもないのに」

と首をかしげていた。樹紀だって、算数は得意なのに教えてもらっていたのだから、よくまちがえる子に注意しているわけではないみたいだ。だからきっと、たまたま目に留《と》まったまちがいを、そっと注意しているだけなのだろう。


朝、わたしが登校すると、前の席の阿美《あみ》が、机《つくえ》に突《つ》っぷしていた。

「おはよう、阿美、どしたの？」

「お腹《なか》すいた……」

「え？」

「今日、朝ごはん、食《た》べ損《そこ》ねちゃった。ママ、夜勤《やきん》だったんだけど、パン、買《か》い忘《わす》れてて」

阿美はお母さんとおじいさんとの三人暮《ぐ》らしで、お母さんは看護師《かんごし》だ。夜勤《やきん》の時、家に帰ってくるのは阿美が登校したあとなので、そんな日の朝は、阿美がパンを焼いて、おじいさんと二人で食べるのだと、前に聞いたことがあった。

「昨日は、夜、おそばだったからさあ」

阿美はなさけなさそうに笑った。

その時、わたしは急に思い出した。いつだったか、朝、杉田先生が紳にパンをあげていた。いつも持っているって言ってなかっただろうか。

「ねえ、阿美、スギッチ、パンくれるかも」

「え？　そうなの？」

「うん。もらってる子、見たことある。聞いてみれば？」

「でも、なんか、恥《は》ずかしいからいいよ」

阿美はそう言ったけれど、声に力がなくてなんだかかわいそうだと思った。

「じゃあ、わたしがもらってきてあげるよ」

そう言うと、わたしは急いで職員室《しょくいんしつ》に行った。

「杉田先生」

「ああ、金沢《かなざわ》さん、おはよう。どうしたのかな」

「あの、菅野《かんの》さんが、朝ごはんを食べられなかったそうです。昨日、パンを買《か》い忘《わす》れて。

菅野さんのお母さんは、昨日が夜勤《やきん》で、朝はまだ帰ってきていないんです」

「それは、お昼まで、ちょっとつらいね」

「あの、先生、パンとか、持ってたら、もらえますか？」

杉田先生は、一瞬《いっしゅん》、眉《まゆ》を寄《よ》せたけれど、

「それは、ぼくにはできないよ。菅野さんだけひいきするわけにはいかないだろ？ 給食までがんばろうって、はげましてあげなさい」

と言うと、にっこり笑った。杉田先生はよく笑う。そのせいか、ほがらかで楽しい先生だって、たいていのクラスの子が思っているみたいだ。

でも、どうしてだろう。その時の笑顔がいつもとちがっていて、なんだかちょっとこわいと思ってしまった。

わたしは、頭を下げて職員室《しょくいんしつ》を出た。

ひいきするわけにはいかないって、どういうこと？ じゃあ、紳にあげていたのは、どうして？

教室にもどったわたしは、阿美にあやまった。

「ごめん。今日は、持ってないって」

「そっか」

「あっ、そうだ。保健《ほけん》の稲葉《いなば》先生にも聞いてみようか」

「いいよ。もうすぐ授業《じゅぎょう》はじまるし」

「ごめんね、期待させちゃって」

阿美は、力なく首を横に振《ふ》った。


その日は、午後が図工で、ランプシェードを作ることになっていた。わたしはあまり器用じゃないから、緑色の紙で四角柱を作って、ところどころに切り目を入れるという、そんなに手間のかからないものにしようと思った。となりの紳を見ると、楽しそうに紙を切っている。三角を組み合わせた不思議な形だ。でも、いいな、と思った。

「横堀《よこぼり》くん、上手だね」

「え？」

「器用なんだね」

「……そんなことない」

いつだったか、ノートに落書きをしていたことを思い出した。

「絵も上手だよね。杉田先生の絵とか、ノートに書いてたでしょ」

そう言うと、紳は、なぜかびくっとしたようにわたしを見て、それからうつむいてしまった。

わたしはあわてて、言いわけするように言った。

「ごめん。もしかして変なこと言っちゃった？　横堀くん、スギッチのこと、好きなんじゃないかなって思ったから」

紳は、うつむいたまま、何も言わなかった。

本当は、わたしの心の中に、少し意地悪な気持ちがあったかもしれない。阿美は朝ごはんを食べられなかったのに、先生は何もくれなかったんだよ、って話したら、紳はどう思うだろうか、なんて考えてしまったからだ。

杉田先生が人気者なのはわたしだってわかっている。授業《じゅぎょう》もまあまあわかりやすい。昼休みに、男子といっしょにサッカーをやったりするところもポイントが高い。クラスもまとまっているから、わたしだって、今年はあたりだと思っていた。

けれど、阿美のことがあってから、それほどいい先生だとは思えなくなってしまった。

先生は、紳をひいきしている。どうしてもそう思ってしまうのだ。でも……。前に、お母さんが、日本の子どもの七人に一人は貧困《ひんこん》だと言っていた。阿美の家は貧乏《びんぼう》ではない。紳の家はどうなのだろう。もしも、紳の家が貧《まず》しかったら、ひいきと言い切ることはできない気もする。そう思っても、やっぱりもやもやした。

「あーあ、明日も雨にならないかなあ」

お昼休みに、紀里佳《きりか》の声が聞こえて、わたしは思わず振《ふ》り向《む》いた。

今は梅雨。外は雨だ。

「明日ってプール開きだったよね」

光咲の言葉に、わたしはうなずいた。紀里佳はプールの授業《じゅぎょう》がいやなのだろうか。紀里佳はスポーツはなんでも得意で、たしか去年も水泳大会で活躍《かつやく》していた気がするけど……。

次の日、紀里佳の願いはかなわず、朝から青い空が広がっていた。気温もうなぎのぼりで、プールびよりだ。

「紀里佳の水着、かわいい！」

そんな声が聞こえて振《ふ》り返《かえ》る。紀里佳が着ていたのは、スカートタイプのワンピース。

ピンクのラインが入っている。わたしたちの学校では、紺色《こんいろ》の水着なら、デザインがよほど派手《はで》でなければＯＫだけど、高学年の女子は、スパッツタイプのセパレート水着が多数派《たすうは》だ。

紀里佳の水着は、わたしもかわいいな、と思った。小柄な紀里佳に似合《にあ》っていた。けれど、紀里佳はふきげんそうに言った。

「あたしは、子どもっぽくてきらい。だけどさ、ママがこれにしなさいって」

「でも、似合《にあ》ってるよ」

同じグループの子にそう言われても、紀里佳はふてくされたようにうつむいていた。もしかしたら、昨日は、あの水着がいやで、雨にならないかなあ、なんて言っていたのかもしれない。

「うちのおじいちゃんなら、ありえない。ああいうかわいいやつなんてぜったいにだめだな」

光咲がつぶやいた。本人に選ばせてくれないという意味では、光咲のおじいさんも、紀里佳のお母さんも同じだ。その点、うちの両親は、わたしがほしいものをちゃんと認《みと》めてくれる。

スイミングスクールに通ったことがある子はけっこう多い。今はやめてしまったけれど、わたしも低学年のころは通っていたので、クロールならできるし、平泳ぎも五十メートルぐらいなら泳げる。でも、水泳が苦手な子も何人かいる。その一人が紳だった。そういえば、紳は四年生の時に転校してきた子だ。前の学校にはプールがなかったのかも。

杉田先生が、熱心に紳にバタ足を教えていた。

「顔を上げるとき、うしろを見るようにするといい。水の中で、息をはけば、無理に吸《す》おうとしなくても、自然に吸《す》えるからな。だいじょうぶ。先生が手をつかんでいるから、沈《しず》まないよ。第一、このプールはそんなに深くないんだから」

紳は、なかなかコツがつかめないようで、すぐに沈《しず》みかけてしまう。スイミングスクールでは、自然に力をぬけばだれでも浮《う》ける、って教わったけれど、紳はすぐに沈《しず》みそうになる。体がかたくなって、余分《よぶん》な力がぬけてないみたいだ。思わず足をついて水中に立った紳の顔は、苦しそうにゆがんでいた。

「横堀、あきらめちゃだめだぞ。だれだって泳げるんだ。泳げない人なんていないんだからな」

杉田先生は、パンパンと軽く紳の背中《せなか》をたたいてはげましていた。

やっぱり、杉田先生は紳のことをひいきしているんじゃないだろうか。

紳を見るわたしの目は、どうしてもきびしくなる。ずるいな、と思ってしまうのだ。

でも、そんなふうに考える自分もいやだった。わたし以外にも、同じように感じているクラスメイトはいるのだろうか。けれど、ほかの子に聞くわけにはいかない。

クラスの子には話せないので、わたしはトシ兄にＬＩＮＥをした。

——おにいちゃんは、これまで、ひいきする先生に会ったことある？

——まあ、先生だって人間だし、百パーセント公平ってのはむずかしいだろうな。はっきりいって、おれ、ひいきされてるかもって思ったことがあるし。今の先生が、だれかをひいきしてるの？

——わたしが思ってるだけかも。みんな何も言わないし。けど、なんかずるいなって思っちゃう。

——葉菜《はな》、それはちがうんじゃないかな。もしも、本当にひいきされてるとしても、おれは、ひいきする先生の方が悪いと思う。それに、ひいきされる子が、それをよろこんでるとはかぎらないよ。おれは、すごくいやだったから。


先生が悪い？

ひいきされるのが、いや？　わたしは、ひいきされている紳のことを、ずるいと思っていた。でも、たしかにトシ兄の言うとおりだ。

トシ兄とＬＩＮＥしてから、わたしはよけいに紳のことが気になるようになった。

ふと紳を見ると、ぼんやりとしている。もともと活発なタイプじゃないけれど、前はこんなふうにぼんやりしていたわけではなかった。そして、杉田先生が歩いてくると、なぜか、体をきゅっとかたくしてうつむいてしまう。ずいぶん前のミニテストの時、先生にまちがえを教えてもらってうれしそうだったのに。やっぱり、トシ兄が言うように、自分がひいきされていると思うのは、紳もいやなのかもしれない。

四　先生、やめて！

六年生は、夏休みに入ってすぐに、修学旅行《しゅうがくりょこう》で日光に行く。一泊《いっぱく》の旅行で、六年生にとっては最大のイベントだ。一学期の終わりには、一日目に行く足尾銅山《あしおどうざん》のことや、日《にっ》光東照宮《こうとうしょうぐう》のことなんかを調べたりする、事前学習も行った。

バスの座席《ざせき》は前から二列目で、同じ班《はん》の阿美《あみ》がとなり。真ん中の通路をはさんだとなりは紳《しん》だった。紳のとなりは樹紀《みきのり》で、同じ班《はん》の四人が横一列にならんでいる。最前列にすわっているのは、杉田《すぎた》先生とガイドさんだ。

わたしは、しばらく阿美と話していたけれど、早起きしたせいか、阿美はいつの間にか、こっくり居眠《いねむ》りを始めた。ふと反対側の横にすわる紳と目が合った。窓側《まどがわ》の樹紀は外を見ていたので、紳に話しかけてみた。

「横堀《よこぼり》くんって、きょうだいいるの？」

「いない」

そういえば、前に賢也《けんや》が、紳はお父さんと二人暮《ぐ》らしだと言っていたっけ。

「一人っ子なんだね」

「……金沢《かなざわ》さんは？」

聞き返されて、ちょっとおどろいた。紳の方から何か聞かれたのって、初めてだったから。

「わたしは、お兄ちゃんと二人きょうだい。でも、いっしょに暮《く》らしてないけど」

「なんで？」

紳がわたしをじっと見る。紳って、まつげが長くてきれいな目をしているな、と思った。

「お兄ちゃん、北海道の寮《りょう》のある高校に通ってるの」

「……そうなんだ」

とは言ったけれど、あまり乗ってこなかった。紳にはお母さんがいないから、家族の話はやめた方がいいかもしれないと思って、話題を変えた。

「横堀くんは、サッカーとか、好き？　前に、賢也がシュート決められてムカついたって言ってたけど」

クラスの男子は、昼休みにサッカーをやる子が多い。杉田先生が、男子たちをさそうから、紳や樹紀みたいにおとなしい子も、たまにサッカーをやっている。

「……ムカついたって？」

「あ、気にしないで。ただの八つ当たりで、悪気はないと思うし」

「……あれは、たまたまだし。そんなにサッカーは好きじゃない」

「好きなこと、あるの？　ゲームとか」

「……ゲームは、そんなにやらない。絵を描《か》いたり」

「あ、絵、上手だもんね。あと、工作も。ランプシェード、図工の先生、すごくほめてたし」

すると、なぜか紳は、そんなことない、とつぶやいて下を向いてしまった。それで会話がとぎれてしまった。

その時、阿美が、うーん、と言いながら目を覚ましたので、それからは阿美とおしゃべりしているうちに、最初の目的地、足尾銅山《あしおどうざん》に着いた。

この銅山《どうざん》は、江戸時代《えどじだい》は幕府直営《ばくふちょくえい》の銅山として栄え、近代化が進んだ明治時代以降《めいじじだいいこう》は、日本一の銅山に成長した。その一方で、銅《どう》を取り出す時に発生した有害物質《ゆうがいぶっしつ》が川に流れこんで、大きな被害《ひがい》をもたらした。これが足尾銅山鉱毒事件《あしおどうざんこうどくじけん》。日本で最初の公害事件《こうがいじけん》だそうだ。一九七三年に閉山《へいざん》して、今は坑内《こうない》の見学ができる観光地になった。

トロッコ電車に乗って、うすぐらい坑道《こうどう》に入り、採掘《さいくつ》の様子なんかが再現されているのを見た。そのあとは、有名な日光東照宮《にっこうとうしょうぐう》の見学だ。

「ここって、パワースポットらしいよ」

と、女子たちが話していた。

三猿《さんざる》で有名な、神厩舎《しんきゅうしゃ》という建物にある猿《さる》の彫刻《ちょうこく》を見て、

「猿、三匹《びき》だけじゃないんだね」

と、光咲《みさき》が言った時、うしろで声がした。

「見ざる、言わざる、聞かざるっていうの、どうなんだろ。なんか禁止《きんし》されてるみたいじゃん」

紀里佳《きりか》だった。すると、いつの間にそばに来ていたのか、弘之《ひろゆき》が説明する。

「これは、人の一生を、八枚《まい》の猿《さる》の彫刻《ちょうこく》で表してるんだって」

「へえ？　さっすがぁ」

紀里佳が感心したように、弘之に笑顔を向ける。

「二枚目《まいめ》の、見ざる言わざる聞かざるが有名だけど、子どものころは、世の中の悪いことを見たり聞いたりさせないで、悪い言葉も使わせないで、いいものだけをあたえなさい。子どもの時にいいものを身につければ、正しい判断《はんだん》ができるから、ってことらしいよ」

「そうなんだぁ」

そんなやりとりを聞きながら、光咲がくすっと笑った。

「なんか、紀里佳も、千葉《ちば》くんの前だとしおらしいっていうか、素直《すなお》だね」

そういえば、前に、賢也が言ってたっけ。紀里佳は弘之の前だと態度《たいど》がちがうって。

でも、たしかに、光咲が言うように、紀里佳って案外正直で素直《すなお》なのかも。

「けど、悪いものを見たり聞いたりしちゃうことって、あるよね」

わたしの言葉に、だよね、というふうにうなずいた光咲が、

「いじめとか、ひいきとか」

と言った。それにずるい人も乱暴《らんぼう》な人もいる。

日光東照宮には、陽明門《ようめいもん》だとか眠《ねむ》り猫《ねこ》だとか、たくさんの国宝《こくほう》があることを事前学習

で学んでいたので、楽しみにしていた。けれど、陽明門はきれいというより、なんか派《は》手《で》だな、と思った。眠り猫を見た時に、ついつぶやいてしまった。

「なんかビミョーかも」

それを聞いた光咲が、くすっと笑って言った。

「明日の方が楽しみかな」

「同感！」

と、わたしも笑った。

二日目の明日は、湯滝《ゆだき》を見たあとで、戦場ヶ原《せんじょうがはら》の自然研究路《しぜんけんきゅうろ》を歩いてから、竜頭《りゅうず》の滝《たき》や華厳《けごん》の滝《たき》を見ることになっているのだ。

二日目。朝食前に、クラスで集合した時、杉田先生の姿《すがた》が見当たらなかった。わたしたちのクラスの前に立ったのは、保健《ほけん》の稲葉《いなば》先生だった。

「スギッチ、どうしたの？」

そんなひそひそ声が、あちこちから聞こえてきた。

「杉田先生は、急用ができたため、お帰りになりました。今日は、わたしが一組のみなさんを引率《いんそつ》します」

稲葉先生の言葉に、クラスの子たちが顔を見合わせた。

「急用って、何ですか」

「それは……杉田先生のプライベートなことですから」

どうしたのだろう。わたしたちを置いて帰るなんて、よほどのことだろう。もしかして、家族に何かあったのだろうか。

「スギッチがいないなんて、つまんねえよな」

と、だれかが言った。杉田先生はやっぱり人気があるのだ。

当たり前だけど、担任《たんにん》ではない稲葉先生には、ほとんどの子があまりなじんでいない。稲葉先生に慣《な》れているのは、保健委員《ほけんいいん》の子ぐらいだろう。

なんとなく落ち着かないまま、修学旅行《しゅうがくりょこう》の二日目が始まった。

ありがたかったのは、すっきりと晴れたこと。青空をバックに見る滝《たき》は美しかったし、戦場ヶ原のハイキングも楽しかった。湿原《しつげん》の中、木道《もくどう》を歩く。緑の広がりのところどころに赤や黄の花が咲《さ》いている。かなり標高が高いので、風がさわやかで気持ちよかった。男体山《なんたいさん》もどっしりとしていて勇壮《ゆうそう》だった。

でも、わたしだけじゃなくて、たぶん、一組のだれもが、なんとなく気持ちが落ち着かなかったんじゃないかと思う。二組も三組も、担任《たんにん》の先生を囲《かこ》んで楽しそうにしている。それなのに、わたしたちには、当たり前にいるはずの担任《たんにん》の先生がいないのだ。

もしも、どんよりとした天気だったら、もっと気分が沈《しず》んだだろう。

見学の最後は有名な華厳《けごん》の滝《たき》。中禅寺湖《ちゅうぜんじこ》から流れ出る水が、九十七メートルの高さから、しぶきをあげながら一気に落ちる様は、迫力《はくりょく》があった。華厳の滝のそばでバスに乗った。これから学校にもどるのだ。わたしたちのクラスのバスに乗ったのは、稲葉先生だった。

ふと、通路をはさんでとなりにすわる紳を見ると、なんだか顔色が悪くてつらそうだった。

「横堀くん、気分、悪いの？」

わたしが聞くと、紳は小さく首を横に振《ふ》った。

「酔《よ》ったんなら、酔《よ》い止《ど》めの薬、あるよ」

紳はまた首を横に振《ふ》る。稲葉先生がそれに気がついたみたいで、わたしに言った。

「横堀くんは、寝不足《ねぶそく》みたいですね」

寝不足か。そういえば、旅先だと、よく眠《ねむ》れない人がいる、って、聞いたような気がする。

いろは坂《ざか》をバスが下っている時、紳の顔色がますます悪くなった。寝不足だと、車にも酔《よ》いやすい。稲葉先生が補助椅子《ほじょいす》を出してわたしと紳の間にすわり、背中《せなか》をなでている。

「気持ち悪かったら、はいてもいいのよ」

と言っている声が聞こえた。

下りがゆるやかになると、ようやく紳の顔色が少しよくなったので、先生は立ち上がって、補助椅子《ほじょいす》をたたんだ。

それから、しばらくたって、紳はこっくりこっくりと居眠《いねむ》りを始めた。時々、稲葉先生が紳の方を見ていた。

戦場ヶ原を歩いて疲《つか》れたせいか、あちこちから寝息《ねいき》が聞こえた。となりの阿美も眠《ねむ》っている。しばらく、ぼんやりと外の景色を見ていたわたしも、いつしか眠《ねむ》りに落ちていた。

はっとして目を開く。今、何か声が聞こえたような……。

阿美はまだ寝《ね》ている。その時また、うめくような声。紳の声だった。背《せ》もたれに体をあずけて、足を投げ出すようにして寝《ね》ている紳の口から、

「やめて……先生、やめて」

という言葉がもれた。

何？ 今の。紳は、何を言っているの？

紳の顔は、苦しそうにゆがんでいる。稲葉先生がやってきて、紳のわきにかがむと、

「横堀くん、横堀くん」

と呼《よ》びかけていた。ふいに紳が体を起こして目を開く。それから、おびえたような目で稲葉先生を見てからふっと息をはくと、泣きそうな顔でうつむいた。

悪い夢《ゆめ》でも見たのだろうか。


修学旅行《しゅうがくりょこう》が終わってから数日たった。あれから何度か、紳が口にした言葉を思い出した。

——先生、やめて。あの言葉はどういう意味なのだろう。

このことを、賢也か光咲に話してみようかと思った。でも、結局話すことはできなかった。

臨時《りんじ》の保護者会《ほごしゃかい》が行われることをお母さんから聞いたのは、修学旅行《しゅうがくりょこう》の一週間後のことだった。お母さんは、仕事を早退《そうたい》して参加した。夏休みに保護者会《ほごしゃかい》なんて、今まで一度もなかった。何かあったのかなと気になったけれど、自分に関係があることだとは思わなかった。

でも、帰ってきたお母さんの話は、わたしたち六年一組に関わることで、しかも、予想もしていないことだった。

「あのね、葉菜《はな》。杉田先生が、学校を辞《や》めることになったの」

「え？　スギッチが？　どういうこと？」

「病気なんですって」

「スギッチ、修学旅行《しゅうがくりょこう》の途中《とちゅう》で、急用で帰っちゃったって聞いたけど、ほんとは病気だったの？」

だとしたら、稲葉先生はどうして病気って言わなかったのだろう。

「それは……以前から、悪かったのかもしれないわね」

でも、先生はみんなともスポーツやったりして、いつも元気だったのに。

「病気だなんて、なんか信じられない」

「病気のくわしいことはわからないけれど、先生を辞《や》めるそうよ」

「じゃあ、わたしたちのクラス、どうなっちゃうの？」

「代わりの先生が来るから、だいじょうぶよ」

「けど……」

「あと半年ちょっとなんだから、葉菜は平常心《へいじょうしん》でがんばればいいのよ」

お母さんは、それ以上、何も話してくれなかった。


次の日、賢也にばったり会ったので、杉田先生のことを聞いてみた。でも、賢也は、

「おれの方が聞きたいよ」

と眉《まゆ》を寄《よ》せた。賢也の両親は保護者会《ほごしゃかい》に参加できなかったので、わたしのお母さんが、様子を伝えたそうだ。

「スギッチ、元気いっぱいって感じだったのに、病気だなんてな。おれ、お見舞《みま》いに行かなくていいのかな、って言ったら、母さん、必要ないって」

なんとなく気持ちがもやもやするうちに、七月が終わった。

五　おまえが出ていけ！

八月に入ってすぐに、光咲《みさき》がわたしの家に遊びに来た。前はおたがい行ったり来たりしていたのに、おじいさんがいやがるから、光咲がうちに来るばかりで、わたしが行くことはなくなってしまった。

「ダンス、やる？」

と聞くと、光咲は、うーん、というふうに首をひねった。

「ずっとやってないからなあ。葉菜《はな》は、おどったりしてるの？」

「たまにね。動画見ながら」

「そっか。でも、あたしは、中学でもダンス部には入れないし、葉菜みたいに体もやわらかくないから、ダンスはもういいかなって感じ」

「ええ？　あんなに楽しそうだったのに」

「あたしなんか、どうせうまくなりそうもないしなあ」

「そんなことないよ」

と言ったけれど、光咲は首を横に振《ふ》った。

ソファにならんですわって、スマホでお気に入りのKポップを聞きながら、光咲が持ってきたフルーツゼリーをつまむ。

「このゼリー、おばあちゃんが好きだったんだよね」

光咲がぽつりと言った。

「亡《な》くなったおばあちゃん？」

「うん。おばあちゃんが生きててくれれば、おじいちゃんが家に来ることもなかったのにな」

「……おじいさん、どう？」

「相変わらず。耀太《ようた》のことばかりひいきしてる。男の子だから、ってだけで、なんで尊《そん》重《ちょう》されるのって思うけど。やっぱ女子って、活躍《かつやく》できるチャンスも少ないし、あたしなんてそんなに能力《のうりょく》もないし」

光咲は、きゅっと唇《くちびる》をかんだ。なんだか最近の光咲は、自信をなくしてるみたいな気がした。これ以上、気が弱くなってる光咲を見ているのが、ちょっとつらくなって、わたしは話題を変えた。

「スギッチ、学校辞《や》めちゃうなんて、病気、重いのかな」

光咲は、はっとしたように、わたしを見つめた。

「葉菜は、スギッチの病気がなんだか、聞いてないの？」

わたしは、首を横に振《ふ》った。

「光咲は、知ってるの？」

「うん。ママが話してくれたから」

「ほんと？　癌《がん》とかじゃないよね」

「ママが言うには、話さない保護者《ほごしゃ》もいるから、友だちには言わない方がいいだろうって……」

「どういうこと？」

「葉菜だから話すけど、ほかの子には言わないでね」

「わかった」

「あのね、スギッチの病気は、体の病気じゃなくて、心の問題なんだって」

「心の？」

心の病気というのは時々耳にする。うつ病とか、依存症《いぞんしょう》とかだろうか。でも、今まで、そんなふうには、ぜんぜん見えなかったのに。

「スギッチ、男の子、それも小学生ぐらいまでの子どもを好きになっちゃうんだって」

「それって、病気、なの？」

「あたしにもよくわかんない。好きになるだけなら……。でも、相手がいやがってるのにべたべたしたり、体にさわったり……。修学旅行《しゅうがくりょこう》の時、それをほかの先生が見てしまったの。つまり、現行犯《げんこうはん》ってやつ？」

「じゃあ、あの時……」

光咲は、こくんとうなずいた。

「だれが、被害者《ひがいしゃ》かは知らないけど。うちのクラスの子じゃないかもしれないしね。保《ほ》護者会《ごしゃかい》でも、校長先生は被害者のことを言わなかったし、被害者をさがすようなことはぜったいにしないでほしいって。ママも、いちばん傷《きず》ついているのは被害《ひがい》にあった子だ、って言ってた」

でも、わたしにはわかってしまった。紳《しん》だ。前から杉田《すぎた》先生は、紳のことをひいきしているとと思っていた。でも、ひいきじゃなかったのだ。

パンをあげたり、ミニテストのまちがいを教えたり。プールの授業《じゅぎょう》でもずっと紳の手をにぎって熱心に教えていた。はげますように背中《せなか》をパンパンとたたいていた。あの時も、紳は本当はいやがっていて、だから、よけいに体がかたくなって、すぐに沈《しず》んでしまったのかも。

——先生、やめて……。

バスで聞いてしまったうわごとがよみがえった。

杉田先生は、寝《ね》ている紳の体にさわったりしたのだろうか。もしも紳が寝《ね》てはいなくて、でも、やめてと言えなかったとしたら？　あのうわごとは、紳の心のさけびだったのかも……。

そこまで考えた時、わたしは思わず両手で口をおおった。紳、いやだったろうな。それより、こわかったかもしれない。杉田先生は、大人で力も強い。先生だから、逆《さか》らうことだってむずかしい。

「ひどいよ、スギッチ！」

思わず大きな声で言ってしまった。すごく腹《はら》が立った。同時に、なぜだか涙《なみだ》がこぼれそうになる。

「だよね。ママ、すごく怒《おこ》ってた。でも、スギッチのこと、いい先生だと思ってる親も多かったみたいで、中には何かのまちがいっていうか、勘《かん》ちがいなんじゃないかってい
う人もいたらしい」

「そんなぁ……」

「あと、スギッチ、前の学校でも、ちょっと問題になったことがわかって。ただ、その時は、男の子の方が、うそをついたってことになったらしいよ。でも、修学旅行《しゅうがくりょこう》のことは、スギッチも認《みと》めるしかなくて。自分で先生を辞《や》めるって申し出たんだって」

「そうなんだ」

「スギッチになついていた子は、ショックだろうなあ。特に、男子に人気あったし」

「でも、ゆるせないことだよね」

わたしの言葉に、光咲もうなずいた。

紳のほかにも被害者《ひがいしゃ》がいたのだろうか。そう思ってから、わたしは考えるのをやめた。

そんなふうに思いながら、クラスメイトのことを見たくない。紳のことは、わかってしまったのでしかたないけれど……。

「新しい先生って、どんな人が来るのかな」

「女の先生がいいな」

光咲がつぶやいた。わたしも同感だった。


その日の夕飯の時。わたしはお母さんに、杉田先生のことを聞いてみようと思った。光咲から聞いたとは言わずに、ついでに話すみたいな調子で。

「杉田先生の病気って、癌《がん》とかかな」

お母さんは、お味噌汁《みそしる》をすすってから、わたしを見た。

「どうしてそう思ったの？」

「……なんとなく」

「くわしいことはわからないけれど、手術《しゅじゅつ》をすれば治る、という病気ではないみたいよ」

「そうなんだ」

やっぱり、お母さんは、わたしに話すつもりはないみたいだ。光咲のお母さんは、光咲に話したのに、なんでお母さんは、わたしに話してくれないのだろう。

わたしはますますもやもやしてしまった。お母さんに対してそんなふうに感じるなんて、初めてだった。

でも、それを吹《ふ》き飛《と》ばすような事件《じけん》が起こった。三日後のことだった。

夜、わたしが部屋で本を読んでいると、救急車のサイレンが聞こえた。そういうことはたまにあるので、そのうち遠ざかるだろうと思っていたら、音はだんだんと大きくなってきた。思わず窓《まど》から外を見ると、ふいにサイレンがやみ、赤いランプがすぐ下に見えた。救急車はうちのマンションの外にとまっていたのだ。机《つくえ》の上の時計を見ると、九時を少し過《す》ぎていた。

マンションに住んでいる人が、急病になったのだろうか。わたしがリビングに行くと、お母さんがベランダに出て外を見ていた。声をかけると、リビングにもどってきて、眉《まゆ》をひそめながら言った。

「何があったのかしらね」

その時、ちょうどお父さんが帰ってきて、

「おい、救急車、星野《ほしの》さんのところだぞ」

と言ったので、お母さんとわたしは、同時に、ええ？　と声をあげた。

「まさか、賢也《けんや》？」

「いや、賢也くんのお母さんがけがをしたらしい。救急車に乗《の》り込《こ》むのを見たから」

「見てくる！」

思わずそうさけんで、玄関《げんかん》に向かったわたしの腕《うで》を、お母さんがつかんだ。

「よしなさい」

「でも……」

「葉菜が行ったって何もできないでしょ！」

それはそうだけど……。

「そんなに心配はいらないよ。隊員に支《ささ》えられながらだけど、自分の足で救急車に乗っていたみたいだから」

パパが言ったので、少し安心したけれど、賢也はどうしているのだろう。それに、静《しず》佳《か》ちゃんは？

賢也のお母さんは、けがの手当をしてもらって、夜中に帰ってきたらしい。そのことを、お母さんから聞いたのは、次の日の夜になってからだった。

「お母さん、おばさんとは会ったの？」

「会ったわよ。部屋でうっかり転んで、打ち所が悪くて、血がたくさん出たのでびっくりしたけれど、それほど深い傷《きず》じゃないそうよ。よかったわね」

「賢也たちは？」

「昨日は、おばさん……賢也くんたちのお母さんの妹さんが来て、面倒《めんどう》を見てくれたんですって」

「賢也のお父さんは？」

「今日はふだんどおりに会社に行ったみたいよ」

「そうなんだ」

「ねえ、葉菜。賢也くんは、どう？　前と変わりない？」

「どういうこと？」

「賢也くんの家のおとなりの方に聞いたんだけどね。……賢也くんのお母さん、うっかり転んだんじゃないみたいなの」

「どういうこと？」

「……賢也くんのお父さんが、お酒に酔《よ》って、お母さんのことを突《つ》き飛《と》ばしたんじゃないかって。どなり声が聞こえたそうよ」

「……じゃあ、おばさん、うそ言ったの？」

「見たわけじゃないから、本当のことはわからない。ただ、おとなりさんの話では、昨日が初めてじゃないらしいの。心配なのは、賢也くんや静佳ちゃんが、暴力《ぼうりょく》を振《ふ》るわれてないかってことなんだけど……」

「まさか」

本当は、ずいぶん前から賢也が少し感じが変わったと思っていた。たぶん、六年に進級したころからだ。いつもってわけじゃないけれど、いらいらしているみたいだと思ったことが何度かあったのだ。舌打《したう》ちしたりすることも。四月に、紀里佳《きりか》ともめた時、あれが最初だったかも。

「ねえ、葉菜。葉菜は、賢也くんと同級生なんだから、それとなく、様子を聞いてみて」

「え？」

「もしも、暴力《ぼうりょく》を振《ふ》るわれているとしたら、なんとかしなくちゃいけないでしょ。子どもの安全を守るのは親の務《つと》めだけど、賢也くんのお母さんの立場からすれば、あまりよその人に言いたくはないかもしれないから」

だったら、賢也だって言いたくないかも、とは思ったけれど、賢也と静佳ちゃんのことは心配だったから、とにかく、ダメ元で聞いてみようと思った。

わたしが賢也と話したのは、その次の日。図書館に行った帰りに、マンションのエントランスでばったり会ったのだ。お母さんからは、それとなく聞いておいてと言われたものの、わざわざ話しに行くのもちょっと気が重いな、と思っていたところだった。

「どこか行くの？」

と聞くと、賢也は、かすかに眉《まゆ》を寄《よ》せて言った。

「そうじゃないけど、ちょっと……」

「おばさん、だいじょうぶ？」

わたしが、エントランスに置いてある椅子《いす》にすわると、賢也も、となりの椅子にすわった。

「あ、うん」

「お母さんが、心配してたから」

「だよな。救急車だもんな」

「おじさんが、呼《よ》んだの？」

「あ、うん。酔《よ》っぱらってたくせに、血、見たらあわてて」

賢也は、チッと舌打《したう》ちした。

「おじさん、お酒が好きなの？」

「どうかな。なんか、会社が大変みたいで。だからって、あんなことするなんて」

「……あんなことって？」

「父さんのせいだから。母さんが、けがしたの。父さんが、突《つ》き飛《と》ばしたんだ。そしたら、テーブルの角に当たって」

「けど、転んだって聞いたけど」

「そんなの、うそだよ。酔《よ》っぱらって、おまえらみんな、出ていけってどなりちらして、母さんのことなぐって……。初めてじゃないんだ、ああいうの。おまえが出ていけ、って言いたかったよ。見たくないよ、あんな父さん。けど、言えるわけないし」

賢也は、拳《こぶし》でガツンと椅子《いす》をたたいた。わたしは、びっくりして賢也を見つめる。賢也のお父さんのことは、前からよく知っている。ふだんは、あまりしゃべる人じゃないけれど、ギターが上手で歌もうまい。いっしょにバーベキューをやった時は、中心になってお肉を焼いて、わたしたちにもとりわけてくれた、やさしい人なのだ。あのおじさんが、暴力《ぼうりょく》なんて……。

「ねえ、賢也、賢也や静佳ちゃんは、だいじょうぶなの？」

賢也はわたしをじっと見た。それから、くちゃっと顔をゆがめてうめいた。

「葉菜、おれ……こわいんだ」

「お父さんの、こと？」

賢也は、首を横に振《ふ》った。

「父さんは、おれや静佳のことをなぐったりはしない。どなることはあるけど。だけど……母さんのことは……」

何を言ったらいいのかわからなかった。家庭内暴力《かていないぼうりょく》のことはニュースなんかで聞いたことがあったし、そんなにおどろくことではないのかもしれないけれど、まさか、自分のすぐ近くで、そういうことがあるなんて……。

でも、しばらく唇《くちびる》をかんでいた賢也が口にした言葉は、予想外のものだった。

「おれ、父さんに似《に》てるんじゃないかって。それが、こわいんだ」

「似てる？」

「いらいらして、静佳のこと、なぐりそうになった」

わたしは思わず息をのんだ。だいぶ間があいてから、しぼりだすように声を出す。

「賢也は、だいじょうぶだよ。そんなこと、しないよ」

本当は、わからない。でも、そう言うしかなかった。時々、いらいらしてると思ったのは、このことが原因《げんいん》だったのだ。だからといって、賢也は、だれかに暴力《ぼうりょく》を振《ふ》るったりしていない。

だいじょうぶだよと、わたしはもう一度、つぶやいたけれど、それは賢也には聞こえなかったかもしれない。

お母さんには、賢也から聞いたことを全部は伝えなかった。ただ、賢也と静佳ちゃんが、暴力《ぼうりょく》を振《ふ》るわれたりしていないことだけは話した。


お盆《ぼん》に、トシ兄が帰ってきた。もう一年以上、別々に暮《く》らしているので、なんだかちょっと変な感じがする。

「季和《としかず》、ちょっとやせたんじゃない？」

と、お母さんが心配そうに聞くと、トシ兄は、笑いながら否定《ひてい》した。

「そんなことないよ。というか、部活、がんばってるから、やせたというより、ひきしまったと言ってほしいな」

トシ兄が家にいたのは五日間だけで、その間も、中学時代の友だちと会ったり、北海道では見られないからと映画《えいが》を見に行ったりで、家族とゆっくりすごすことはなかった。

「トシ兄、もっといられないの？」

「陸上部の活動もあるし、こっちは暑いからなあ。それより、賢也くんのところ、大変だったみたいだな」

「あ、うん。びっくりしたよ」

「まさか、あのおじさんが、と思うけれど、外からはわからないのかもしれないな。うちだって……」

うちだって、ってどういうこと？　そう聞きたかったけれど、はっきりと聞けなかった。トシ兄は、眉《まゆ》を寄《よ》せたまましばらく何も言わなかった。それから、ようやく口を開いた。

「葉菜、もしも、だけど……」

「え？」

「もしも、なんか困《こま》ったり、悩《なや》んだりすることがあったら、相談に乗るから」

「……うん」

「父さんや母さんには言えないことでも。おれは、葉菜の味方だからな」

トシ兄はそう言って、ポンポンとわたしの頭を軽くたたいた。

六　学校に来ないで！

二学期が始まった。

始業式の日、新しい先生が教室に入ってきたとたん、がっかりした空気が教室に広がった。

先生の名前は大西百合絵《おおにしゆりえ》。わたしのおばあちゃんと同じ年ぐらいの人だったのだ。大西先生は、小柄《こがら》でメガネをかけていて、髪《かみ》の毛には白髪《しらが》も目立つ。ぜったいに、いっしょにサッカーをやってくれたりしないだろう。

先生は、自分の名前を黒板に書いた。字はとても上手だった。でも、自己紹介《じこしょうかい》した時の声はあまりはっきりしていなくて、ちょっと聞き取りづらかった。

その日、紳《しん》は学校に来ていなかった。わたしは、大西先生に聞いてみようかと思ったけれど、まだ、クラスのことなんてわかってないだろう、と考えなおして聞きに行かなかった。

下校の時、光咲《みさき》が、

「なんか、ちょっとがっかりだね」

と言った。わたしもついうなずいてしまった。だからといって、杉田《すぎた》先生の方がよかった、とは思わないけれど。


二日目から授業《じゅぎょう》が始まった。紳も来ていたので、ちょっとほっとした。その日の一時間目に、席替《せきが》えをした。わたしは廊下側《ろうかがわ》の前から三番目で、ラッキーだったのは光咲と席が近くなったこと。

紳とは席が離《はな》れた。正直なところ、少しだけほっとした。もしまた席が近かったら、ずっと紳のことが気になってしまうんじゃないかと思ったから。

大西先生の声は、昨日よりは少しはっきりと聞こえた。それに、話もわかりやすかった。でも、なんとなく、教室内がザワザワして落ち着かない感じがする。

昼休みに、

「紀里佳《きりか》。紀里佳のお母さん、学校に来てるよ」

という声が聞こえた。紀里佳と同じグループの子だ。

「ええ？　何しに来たんだよ」

紀里佳がふきげんそうに言った。紀里佳も自分のお母さんが来ることを知らなかったようだ。


次の日の夜、紀里佳のお母さんが何をしに来たのかがわかった。

夕ご飯のあとで、

「葉菜《はな》、新しい先生、どう？」

とお母さんが聞いた。

「おばあちゃんぐらいの年の人だよ」

「そうみたいね。何年か前に六十歳《さい》で退職《たいしょく》した人で、臨時《りんじ》で受け持ってくれることになったんですって」

「へえ、そんなこともあるんだ」

「前の先生が、急に辞《や》めることになったでしょ。今、先生が足りないみたいなの。とても仕事がハードだから、途中《とちゅう》で辞《や》めてしまう人も多いみたいだし。ただ、大西先生のことは、ちょっと心配している保護者《ほごしゃ》の方もいるの。退職《たいしょく》してから時間もたってるからね。それで、筒井《つつい》さんのお母さんが校長先生に相談したんですって」

「紀里佳の？　それで昨日、学校に来てたんだ」

「急に担任《たんにん》の先生が替《か》わったりすると、教室が荒《あ》れることもあるので心配だっておっしゃってね。何年か前に、筒井さんの親戚《しんせき》のお子さんが通っていた学校で、担任《たんにん》の先生が替《か》わったことで、学級崩壊《がっきゅうほうかい》を起こしたそうよ」

「学級崩壊？」

わたしは思わず顔をしかめた。

「そんなことになったら困《こま》るから、筒井さんが、校長先生にお願いして、明日から、保《ほ》護者《ごしゃ》が授業《じゅぎょう》を見学することになったの」

「ほんと？　……お母さんも来るの？」

「わたしは行かないわよ。仕事があるもの。でも、そういうわけだから、だれかのお母さんやお父さんが授業見学《じゅぎょうけんがく》に来てもおどろかないようにね」

「それ、大西先生、ＯＫなのかな」

「どうかしらね。でも、校長先生が認《みと》めたのだから」

「大西先生、始業式の日は、ちょっと声が小さいなって思ったけど。算数の説明とか、わかりやすいよ」

「そりゃあベテランの先生だもの。教えるのには慣《な》れているんじゃないかしら」

わたしは、お母さんが来ないことに、少しほっとした。なぜかというと、授業参観《じゅぎょうさんかん》の時は、なんだか緊張《きんちょう》するからだ。でも、紀里佳のお母さんはぜったいに来るはずだ。ほかには、だれが来るのだろう。

朝、教室の前までくると、紀里佳が廊下《ろうか》の窓《まど》からぼんやりと外を見ていた。

「おはよう、なんで廊下《ろうか》にいるの?」

紀里佳は舌打《したう》ちしながら言った。

「だって、ママが……」

ちらっと教室の中をのぞくと、教室のうしろで、紀里佳のお母さんがひざをきちんとそろえてすわっていた。

「来ないでって言ったらさ、大人が考えて決めたことに子どもは口出しするなって。それで、椅子《いす》まで用意させたんだよ。マジ、恥《は》ずかしい」

希望

その時、千葉《ちば》くんのお母さんが近づいてきた。それを見た紀里佳がほっとしたようにつぶやいた。

「よかった、ママだけじゃなくて」

その日、授業見学《じゅぎょうけんがく》に来た保護者《ほごしゃ》は六人だった。お母さんが五人とお父さんが一人だ。

紀里佳のお母さんは、始まりの会の時に、先生に、

「ちょっといいですか」

と断《ことわ》って、急に担任《たんにん》の先生が替《か》わったので、午前中の授業《じゅぎょう》の間は、保護者《ほごしゃ》がクラスを見守るつもりだと、わたしたちに向かって話した。そっと振《ふ》り向《む》いて、紀里佳を見ると、唇《くちびる》をきゅっとかんでうつむいていた。

給食の前に、保護者《ほごしゃ》たちは帰っていった。

昼休みに、光咲に聞いてみた。

「光咲のお母さんは、何か言ってた？」

「大西先生に任《まか》せたらいいって。昔とちがって働いてるお母さんだって多いのに、授業《じゅぎょう》見学《けんがく》なんて無理だし。うちの両親も働いてるし」

「だよね」

「紀里佳のお母さん、おばあちゃん先生だから心配だって、ずいぶん言ったらしいよ」

「なんか、先生がちょっとかわいそうだね」

わたしの言葉に、光咲もうなずいた。

大西先生が授業見学《じゅぎょうけんがく》のことをどう思ったかはわからない。特にいやそうな顔もしなかったし、ふつうに授業《じゅぎょう》を続けていた。むしろ、わたしたちの方が緊張《きんちょう》していたみたいで、お昼に保護者《ほごしゃ》たちが帰ると、教室の空気がふっとゆるんだような気がした。

次の日に授業見学《じゅぎょうけんがく》に来た保護者《ほごしゃ》は、新しい人が一人いたけれど全部で五人だった。大西先生の声は、日に日に聞き取りやすくなっていく。久《ひさ》しぶりに先生に復帰《ふっき》したから、少し慣《な》れるのに時間がかかったのかもしれない。授業《じゅぎょう》もわかりやすくて、それに、わたしたちの名前もすぐに覚えた。

その様子に安心したのか、週が変わると、授業見学《じゅぎょうけんがく》をする親は三人になった。もちろん、紀里佳のお母さんはいつも真ん中にすわっている。あとの二人も、紀里佳のお母さんと仲よしの人らしい。

「見守りとかって、いつまでやるんだろ」

昼休みに、そんな声が聞こえてきた。

「だよなあ。紀里佳の母ちゃんは、やっぱ紀里佳の母ちゃんだよ」

からかうような言い方だった。しかも、クラスじゅうに聞こえるくらい大きな声だった。がたっと音を立てて立ち上がった紀里佳は、その子の前に行くと、バンと机《つくえ》をたたいた。

「あたしのせいだって言いたいの？　もとはいえば、スギッチのせいでしょ！」

「スギッチが何したんだよ！」

「急に病気になったせいじゃん！」

「病気なんだから、しょうがないじゃないか」

言い合いを聞いているうちに、ちょっとドキドキしてきた。そっと紳の方に目を向けると、紳は机《つくえ》の上で組んだ腕《うで》に顔をうずめていた。二学期が始まってから、紳は前よりもいっそう口数が少なくなったようだ。学校を休むことも増《ふ》えた。でも、わたしにはどうすることもできない。

たぶん、紳が被害《ひがい》にあったことを知っているクラスメイトはほとんどいないはずだ。もしかしたら、わたし以外だれも知らないかもしれない。杉田先生の病気のことだって、わたしのお母さんのように、どういう病気なのか、話さなかった親も多いようだ。クラスの中で、特に男子の間では、杉田先生が辞《や》めたことをいまだに残念がっている子がかなりいる。

「とにかく、紀里佳、母ちゃんのこと、なんとかしろよな」

紀里佳が相手の子をきっとにらんだ。でも、ふだんは気が強いのに、きゅっと唇《くちびる》をかんで、紀里佳は何も答えなかった。そして、瞳《ひとみ》から、すっと涙《なみだ》が流れ落ちた。その時。

「紀里佳の母ちゃんと、紀里佳とは関係ないだろ」

という声がひびいた。賢也《けんや》だった。

「関係あるだろ、親なんだから」

「そうだよ。責任《せきにん》取れよ」

紀里佳をからかっていた子たちが言い返したけれど、賢也は負けてなかった。

「親子だって別の人間だよ。子どもが親の責任《せきにん》なんか取れるわけないだろ」

そうきっぱりと言った賢也だけど、声は少しだけふるえていた。ひょっとしたら賢也は、自分のお父さんのことを考えていたのかもしれない。それにしても、六年になってすぐに大げんかした相手の紀里佳を、かばっているなんて。

賢也も紀里佳も親のことで悩《なや》んでいる。光咲はおじいちゃんのことで悩《なや》んでいる。家族といっても、平和な家ばかりじゃない。

それに、わたしはたまたま、賢也のお父さんがお母さんに暴力《ぼうりょく》を振《ふ》るっていることを知ってしまったけれど、そのことを知っているクラスメイトはいないはずだ。光咲のおじいさんのことも、わたししか知らないだろう。

なんでわたしは知ってしまったのだろう。だれかの秘密《ひみつ》を知ってるということが重かった。

でも、もしかしたら、ほかにも、家族のことで悩《なや》んでいる子がいるかもしれない。それから紳みたいに、家族のことじゃなくても、つらい思いをした子も……。

わたしの親は暴力《ぼうりょく》を振《ふ》るったりしないし、朝ごはんが食べられないとか、必要な服を買ってもらえないなんてこともない。お父さんもお母さんも、自分のやりたいことをやりなさいと言う。かくしごとをしないでしっかりと話し合うことが大切だと言う。だけど……。

お母さんは、なんで杉田先生の病気のことをかくしたのだろう。わたしのことを信用していないのかな。そう思うと心がちくっとする。なんだかいろんな思いが頭の中でうずまいていて、少しくらくらした。

賢也は、自分が悩《なや》んでいるのに、紀里佳をかばった。だったらわたしも、ちゃんと自分で思うことを言った方がいいんじゃないだろうか。自分の親が来ないからといっても、紀里佳のお母さんたちが、いつまでも授業《じゅぎょう》を見学しているのは、いやだ。

保護者《ほごしゃ》の授業見学《じゅぎょうけんがく》が始まって十日目。終わりの会の時、わたしは思い切って手を上げた。そして、すっと息を吸《す》ってから一気に、

「もう保護者《ほごしゃ》の見学は必要ないと思います」

と言った。大人たちが決めたことに反対する意見を口にしたのだ。胸《むね》がドキドキした。子どもが口をはさむことじゃないって、大西先生にも思われたかも……。でも、先生は淡々《たんたん》とした口調で言った。

「ほかに、意見のある人はいますか」

すると、阿美《あみ》が手を上げて立ち上がった。

「賛成《さんせい》です。大人の人がいると緊張《きんちょう》します」

そう言ってすわった阿美と目が合った。阿美がにこっと笑った。それから何人かが発言を続けた。

「ふつうの授業《じゅぎょう》にもどりたいです」

「大人の人がいない方が、授業《じゅぎょう》に集中できます」

保護者《ほごしゃ》の見学を続けてほしい、という意見は出なかった。

「では、保護者の見学を終わりにするという意見に、賛成《さんせい》の人は手を上げて」

真っ先に手を上げたのは紀里佳だった。紀里佳の右手は、まっすぐに天井《てんじょう》を突《つ》き刺《さ》すように伸《の》びていた。そして、ほとんどの人が手を上げていた。

「みなさんの意見は、校長先生に報告《ほうこく》します」

終わりの会のあとで、

「葉菜、かっこよかったよ」

と光咲に言われた。

「そんなことないよ」

「ううん。さすが、って思った。それに比《くら》べると、あたしなんか、だめだなあ。勇気がなくて」

光咲は、ふっとため息をつく。たしかに、発言するのには勇気が必要だった。だからといって、光咲がだめだなんてことはぜんぜんないのに。なんだか最近、光咲は、自分のことをだめだ、っていうことが増《ふ》えた気がする。

「とにかく、よかったよね。光咲も、いやだったでしょ」

なるべく明るい調子で言うと、光咲も少し笑顔になってうなずいた。


こうして、やっと保護者《ほごしゃ》の授業見学《じゅぎょうけんがく》は終わった。

紀里佳のお母さんたちが来なくなって、教室内をおおっていたピリピリとした空気がなくなった。


数日後。朝、わたしが登校すると、紀里佳が手を振《ふ》りながら近づいてくる。

「葉菜、おはよう！」

紀里佳を見て、あれ？　と思った。なんか、いつもと様子がちがうと思ったのだ。

「……おはよう」

「ねえ葉菜、あたし、ママに言われたよ。葉菜とは遊ぶなって」

「なんでそんなこと、うれしそうに言うの？」

「ママに言われたことが、うれしいわけないじゃん。けど、葉菜はあたしのために言ってくれたんだよね」

「そういうわけじゃないよ。わたしがいやだったし、大西先生だって、本当はいやだったかもしれないし」

それでも、少しは紀里佳のためというのもあったとは思う。たぶん、いちばんいやだったのは、紀里佳だもの。

「ありがとう、葉菜。あたし、ママの言いつけなんて、守る気ないし。ママとは戦うことにした」

「戦う？」

「もう、言いなりにならない。人前で紀里佳ちゃんって呼《よ》ばれたくないし、自分が着たい服着る」

紀里佳は、今日はデニムパンツだった。さっき、なんかちがうと思ったのは、着ているもののせいだったのかな。

「スカートじゃないの、めずらしいね」

「あたし、ほんとはパンツスタイルの方が好きなの。緑野中《みどりのちゅう》では、制服《せいふく》、スラックスにする」

「そっか。緑野中、女子のスラックスＯＫになったんだったね」

「うん。葉菜と遊ぶなっていう言いつけも、守らないよ。あたしが遊びたい子と遊ぶから」

紀里佳が笑ったので、わたしも笑顔を返す。でもたぶん、紀里佳と遊ぶことはそんなにないだろうな、とも思ったけど。だって、もとから仲よしって感じではないし、趣味《しゅみ》もちがう。それでも、一学期に比《くら》べて、紀里佳を苦手だと思う気持ちはずいぶん少なくなっていた。

それからさらに数日たった夜。

「さっき、筒井さんのお母さんに、スーパーで会ったんだけど」

とお母さんが言った。

「紀里佳の？」

「葉菜のこと、しっかりしたお嬢《じょう》さんですね、って言ってたわよ。皮肉っぽい言い方だったけれど」

「…………」

「保護者《ほごしゃ》の授業見学《じゅぎょうけんがく》をやめるようにって、葉菜が意見を言ったそうね」

「……うん」

「なんで、話してくれなかったの？」

「別に、たいしたことじゃないと思ったから」

「子どもが大人の取り決めに口をはさむのは、本当はあまりすべきじゃないけれど、今回は、葉菜の言うことの方が正しいとわたしも思うし、しっかりと自分の意見を言えたのは、えらかったわね」

お母さんは、そう言ってにっこり笑った。お母さんは、ほめてくれたのだ。それなのに、どうしてだろう。わたしはあまりうれしくなかった。

七　わたし、何かいけないことしたの？

最近、クラスの女子の間でダブルダッチが流行っている。中休みや昼休みに、何人かで校庭に出て、二本のなわとびを回して遊ぶ。

その日も、午前中の中休みに、六人ぐらいの女子で、ダブルダッチをやっていた。最初は持ち手をやっていたわたしは、阿美《あみ》が引っかかった時に、持ち手を交替《こうたい》した。

ダブルダッチは、入り方がちょっとむずかしくて、わたしはちょっと苦手だった。その時も、せっかくうまく入れたのに、すぐに縄《なわ》が足に引っかかった。

「あ！」

と思ったとたんによろけて、そればかりか体勢《たいせい》をくずして転んでしまった。

「葉菜《はな》、だいじょうぶ？」

光咲《みさき》がかけよって、わたしを助け起こしてくれた。

「葉菜、血が出てるよ！」

「……ほんとだ」

「保健室《ほけんしつ》行こう。あたし、いっしょに行ってあげるよ」

心配そうにわたしを見ている光咲に、

「だいじょうぶ。一人で行けるから。みんな、続けてて」

と言って、わたしは一人で保健室《ほけんしつ》に向かった。

「あら、金沢《かなざわ》さん、どうしたの？」

稲葉《いなば》先生に聞かれて、わたしはひざを指さしながら言った。

「なわとびやってて転んじゃいました」

「あらあら、じゃあ、まず、水でよく洗《あら》いましょうね。それから、そこの椅子《いす》にすわって」

稲葉先生は、ばんそうこうをひざに貼《は》ってくれた。

「痛《いた》い？」

「ちょっと。でも、血も止まったみたいだから、だいじょうぶです」

そう答えて立ち上がった時、保健室《ほけんしつ》の奥にあるベッドから、かすかに、うめくような声が聞こえた。

「だれか、具合が悪くて寝《ね》てるんですか？」

「病気というわけじゃないけれど、横堀《よこぼり》くんが休んでいるの。家でよく眠《ねむ》れなかったみたいね」

「……そうなんですか。欠席してるのかと思ってました」

「そうだね。今日は、まだ教室には行ってないから」

もしかして、今までも、欠席じゃなくて保健室登校《ほけんしつとうこう》だった日もあるのかな。

「先生、横堀くんは、だいじょうぶですか？」

「だいじょうぶって？」

「わたし、一学期、席がとなりで……。修学旅行《しゅうがくりょこう》の時、バスも席が近くて……」

「そうだったわね。金沢さん、横堀くんのこと、心配してくれているのね？」

わたしは返事ができなかった。心配していなかったわけじゃない。でも、そんなにいつも気にかけてはいなかった。たいていは忘《わす》れていた。

「わたし……」

なぜだろう。ふいに涙《なみだ》がこぼれた。先生は、わたしのそばに来て、ポンポンと背中《せなか》をたたいた。

「気になることがあるなら、言っていいよ。だれにも言わないから」

「先生、わたし、だれにも話してません。でも、何もできないし、やさしくもなかったし……」

涙《なみだ》が止まらなかった。わたし、なんで泣いているんだろう。

「そっか。金沢さん、わかったんだね。でも、だれにも話さないでいるのも、つらかったよね」

「……だいじょうぶです。あの、横堀くんには、言わないで」

「わかってる。秘密《ひみつ》は守るから。でも、金沢さん、しんどくなったら、いつでも保健室《ほけんしつ》にいらっしゃい」

「だいじょうぶです」

「だいじょうぶですって、いつもがんばらなくたっていいんだよ」

わたしは涙《なみだ》を手でぬぐった。それから、お辞儀《じぎ》をして保健室《ほけんしつ》を出た。

つらかったね、と稲葉先生は言った。つらかったのかな。偶然《ぐうぜん》知って、だれにも話せなかったことは、振《ふ》り返《かえ》ると、苦しかった気がする。けれど、ほんとにつらかったのは紳《しん》だ。信頼《しんらい》していた先生に裏切《うらぎ》られたのだから。すごくつらかっただろう。さっき、うめいたのだって、思い出したくないような、悪い夢《ゆめ》を見たのかもしれない。そんな紳に、わたしは少しもやさしくできなかった。

それでも、少しだけ、わたしは気持ちが楽になっていた。それから、なんで紳のことをだれにも話さなかったのだろう、と考えた。お母さんにも話さなかった。わたしは杉《すぎ》田《た》先生がどんな病気なのかを、お母さんがちゃんと話してくれなかったことでもやもやしていた。それって、わたしが、紳のことを話さなかったのとはどうちがうのだろう。

昼休み。

「葉菜、どうしたの？　ため息ばかりついてるよ」

光咲に言われて、はっとなる。

「ほんと？　自分では気がつかなかった」

「なんか、考えごと？」

本当は稲葉先生がわかってくれて、少し心が軽くなったはずなのに……。

お母さんにいろいろ話せなくなったことも、お母さんが杉田先生の病気のことをちゃんと話してくれなかったことも、紳とつながっている。親友の光咲に、わたしが知ってしまったことを話せたらどんなによかったか。だけどやっぱり、話すわけにはいかない。

わたしは無理に笑って言った。

「っていうか、光咲は、中学のこととか考えたりしない？　まだ先だけど」

うちの学校は中学受験する子はそんなに多くない。わたしも光咲も、公立の緑野中に行く予定だ。

「中学かあ。卒業まで、あと半年だもんね」

「まあ、ほとんどが緑野中に行くから、みんなと別れるのは、高校からだろうけど」

「……ねえ葉菜、葉菜のお兄さん、寮《りょう》のある高校に行ってるんだよね」

「うん」

「女子でも行けるのかな」

「え？」

「あ、ちょっと聞いてみただけ」

「トシ兄の学校、共学だよ。光咲は、寮《りょう》のある高校に行きたいの？」

光咲は首を横に振《ふ》った。

「どうせ、ゆるしてくれっこないし。あたしなんて、葉菜のお兄さんみたく、頭もよくないから。……けど、家、離《はな》れたいって思ったりすること、葉菜はない？」

「考えたこと、ないかも」

「だよね。葉菜の家には、ひいきするおじいちゃんとか、いないし。葉菜のお母さんは、なんでも話せる感じだし」

一瞬《いっしゅん》、ドキッとした。なんでも話せる？　そんなことはない。けれど、わたしは、うん、というふうにうなずいた。


トシ兄の声を聞きたい。そう思ったのは、光咲に、トシ兄のことを聞かれたからだろうか。

お母さんと二人で夕ご飯を食べたあとで、わたしは、トシ兄にＬＩＮＥした。その日は金曜で、たしか金曜日は部活もないから、寮《りょう》にいるはずだ。


——今、何してる？　電話してもいい？

すぐに〈既読《きどく》〉になったけれど、返事はなかった。勉強が忙《いそが》しいのかなと、がっかりしてふっと息をはく。それから、英会話教室でもらったプリントを開く。英語の勉強はきらいじゃない。でもやっぱり、ヒップホップをやれたらもっと楽しかっただろうな。見るのは明日にしようと思ってプリントをたたんだ時、着信音が鳴って、あわててスマホを手に取る。

トシ兄からのビデオ電話だった。小さなスマホの画面に、トシ兄の笑顔があった。

〈葉菜、何かあったのか?〉

と聞かれて首を横に振《ふ》る。でも、なんでだろう。ちょっと目に涙《なみだ》がにじんできて、自分でもびっくりしてしまった。

「ごめん。なんか、久《ひさ》しぶりに顔見たら、うれしくなっちゃっただけ。そっちはもう寒いの?」

と笑う。

〈そうだな。このへんはまだだけど、北海道ではもう雪が降《ふ》ったところもあるよ〉

「そっか。あのね、光咲って、知ってるよね。わたしの親友」

〈知ってるよ。去年のお正月に神社で会った子だよね〉

そうだった。家族で初詣《はつもうで》に行った時、光咲の家族と会ったんだった。あれから、わたしのまわりではいろんなことがあったけど、あのころはまだ、光咲のおばあさんは亡《な》くなっていなかった。杉田先生のことも知らなかった。

「光咲から、寮《りょう》のある高校のこと、聞かれたんだ」

〈……光咲ちゃんの家で、何かあったの？〉

「っていうか、おじいさんが、弟ばかり大事にするんだって。おばあさんが亡《な》くなって、春からいっしょに住むようになったんだけど。光咲のことは、女の子だからって、差別するみたい」

〈おじいさんの世代だと、そういう古い考えの人が、まだいるのかもしれないな〉

「そうなのかな。光咲に、家を離《はな》れたいって思ったことないか、って聞かれた。でもすぐに、わたしはお母さんとなんでも話せるから、そんなことないだろう、って言われたけど」

〈……葉菜は、どう思った？〉

「どうって……わたしだって、ほんとはお母さんに言いづらいことは、あるし。でも、家を離《はな》れたいとか、思ったことはないかな」

そう答えてから、はっとなった。トシ兄はどうだったのだろう。行きたくて選んだ高校だと、ずっと思っていたし、お母さんたちもそう言っていたけれど。もしかしたら、ほかにも理由があったのかも。

「ねえ、お兄ちゃん、お兄ちゃんは、どうして今の高校に行こうと思ったの？」

〈北海道に憧《あこが》れがあったし、学校の雰囲気《ふんいき》がよさそうだったから〉

「でも、ふつうは、家を離《はな》れるとしても、大学からだよね」

〈ほかにも理由があったよ〉

「ほかにもって？」

〈一人になりたかったんだと思う。おれのこと、知ってるやつのいないところ〉

それって、光咲の気持ちとどこが同じで、どこがちがうのだろう。

「友だち、とかだけじゃなくて？」

〈……そうだな〉

わたしは、それ以上聞けなかった。聞いてしまったら、知りたくないことを知ってしまうような気がしたのだ。

わたしは、杉田先生の話をした。光咲から聞いたこと、お母さんからは聞けなかったことも。でもやっぱり、紳のことは話せなかった。トシ兄はしばらく考えこんでから、ぽつんと言った。

〈病気、というより、それは犯罪《はんざい》だよ。でも、そういうのは、証明《しょうめい》するのが、すごくむずかしいんだろうな〉

犯罪《はんざい》という言葉は、すごく重たかった。それでも、トシ兄と話せたことがうれしかった。

「お兄ちゃん、わたし、お兄ちゃんがいなくて、さびしいよ」

〈ごめんな〉

わたしは首を横に振《ふ》る。あやまらなくたっていいのに。

〈葉菜、いつかこっちに遊びに来たらいいよ〉

「北海道になんて、一人じゃいけないよ」

〈じゃあ、来年の夏に、おれが迎《むか》えに行くっていうのはどうだ？〉

「ほんとに？　楽しみ！」

それからトシ兄は、北海道にはおいしい食べ物がたくさんあるという話をしてくれた。来年、北海道に行く。ずいぶん先の話だけど、楽しみができた。それだけで、気持ちが明るくなるなんて。

〈じゃあ、また。正月には帰るよ。何かあったら、いつでもＬＩＮＥしな〉

と言って、トシ兄が先に電話を切った。

通話時間を見ると三十分以上もたっていた。最後に言ってくれた言葉がうれしくて、やっぱり目がうるうるしてしまった。

もしも、こんなふうにトシ兄と電話で長く話さなかったら、わたしがお母さんともめることもなかっただろう。


「葉菜、昨日の夜は、ずいぶん長電話してたわね」

「……そうかな」

「季和《としかず》と、何を話していたの？」

「え？」

なんで、お母さんがトシ兄と電話をしていたのかを知っているのだろう。あの時、お母さんはダイニングで片《かた》づけをしていたはずだ。知ったとすれば、わたしのスマホをチェックしたから？

「お母さん、わたしのスマホ、見たの？」

「そうよ」

「なんでわたしに断《ことわ》らないで見たの？　勝手に見るなんて、ひどい！」

「それは、親だもの。子どもに対して責任《せきにん》があるのだから、当たり前でしょう」

「当たり前じゃないよ！」

「何をそんなにむきになっているの？　いつもの素直《すなお》な葉菜らしくないわよ。わたしは、長電話のわけを聞いているだけでしょう」

お兄ちゃんと何を話したのか。なぜ、お母さんはそんなことを気にするのだろう。きょうだいで、離《はな》れて暮《く》らしているのだから、少しぐらい話《はな》し込《こ》んだって不思議はないはずだ。わたし、何かいけないことをしたのだろうか。

むっとして黙《だま》りこむわたしに、お母さんがまた言った。

「季和は、葉菜に何を吹《ふ》き込《こ》んだの？」

吹き込んだ？　その言葉は、すごくいやな感じがした。

「何も！　わたしが聞いただけだから」

「何を聞いたの？」

なぜ、言わなくちゃいけないんだろう。でも……。

「光咲が、高校生になったら、寮《りょう》のある高校に行きたいって言うから、聞いたんだよ。女子がどれくらいいるかとか」

それはうそだ。百パーセントうそではないけれど……。お母さんは、少し安心したような表情《ひょうじょう》になった。

「それだけ？」

「あとは、北海道の食べ物の話とか、いろいろ聞いたよ。って、別に、光咲は北海道に行きたいわけじゃないと思うけどね。ただ家から離《はな》れたいだけで」

それで、話は終わった。

自分の部屋にもどったわたしは、思わず、枕《まくら》を手にとってベッドに投げつけた。それから、ベッドにダイブするように横たわると、両手で顔をおおった。

なんでお母さんは、あんなふうに、問《と》い詰《つ》めるような言い方をしたのだろう。わたし、何もいけないことなんて、してないのに……。

このところ、ずっともやもやしていた。前みたいに、お母さんに対して話せなくなっていた。なんでだろう。お母さんが変わったの？　それとも、変わったのはわたしの方？

きゅっと唇《くちびる》をかむ。じわっと涙《なみだ》がにじんだ。悲しいんじゃない。くやしいんだ……。

わたしは、スマホを手に取って、お気に入りの音楽を再生《さいせい》させた。ヒップホップの曲。メロディーに合わせて、指で軽くリズムを刻《きざ》む。

少し落ち着いてから、なんでお母さんはあんなことを聞いたのだろうかと考えた。それから、昨日、トシ兄が言ったことも思い出した。一人になりたかった。それは、もしかしたら、家族から離《はな》れたかったということ？　北海道の高校に行ったのは、お母さんかお父さんとの間で何かあったのだろうか。

そういえば、北海道に遊びに来いと言った時、トシ兄は自分が迎《むか》えに行くと言った。お母さんかお父さんに連れてきてもらえとは言わなかった。それに、長い休みにも、家ですごす時間は少ない。

わたしは立ち上がって、音楽のボリュームを少し上げた。それから、ステップを踏《ふ》む。去年、夢中《むちゅう》になってやっていたヒップホップの振《ふ》り付《つ》けだ。ヒップホップをやることに、お母さんは反対しなかった。パフォーマンス用の少し派手《はで》な服も買ってくれた。発表会も見に来てくれた。かっこよかったとほめてくれた。

動いているうちに、少しずつ気持ちが軽くなる。やっぱりダンスは楽しい。

なんでわたし、ヒップホップをあきらめてしまったのだろう。あの時。

どっちか一つにしなさい。お母さんがそう言った。英会話か、ヒップホップか。選んだのはわたし。それはまちがいない。でも、ヒップポップをやりたいと言った時、よく考えなさいと言いながら、これから中学高校と進む中で、英語の力をつけることが、どれだけ大切かと、お母さんからもお父さんからも言われた。特に、お父さんからは、将《しょう》来留学《らいりゅうがく》したいと思った時にも、英語ができると助かるだろう、と言われた。

お父さんは、若《わか》いころ、外国に留学《りゅうがく》したかったけれど、家の事情《じじょう》でその夢《ゆめ》がかなわなかったと言っていた。だから、葉菜には自分の夢《ゆめ》を実現《じつげん》してほしいと。でも、改めて考えてみると、あのころのわたしは、留学《りゅうがく》のことなんて頭になかったはずだ。いつか、外国に行ってみたいという気持ちがあったとしても、留学《りゅうがく》というのは、わたしの夢《ゆめ》ではなくて、お父さんの夢《ゆめ》だったのかも……。

わたし、自分で選んだつもりでいたけれど、もしかしたら、そうじゃなかったのかもしれない。そう思った時、ざわりと重たい風に、顔をなでられたような気がした。

八　差別しないで！

大西《おおにし》先生の人気はイマイチみたいだ。でも、わたしはだんだんと好きになっていった。なぜかといえば、先生はひいきしない。それに、一学期に比《くら》べて、授業中《じゅぎょうちゅう》にしっかり発言する子が増《ふ》えたと思うのだ。わたしも、授業見学《じゅぎょうけんがく》をやめてほしいと思い切って発言してから、前より人前で発言するのが平気になった。

それは、ハロウィーンで盛《も》り上《あ》がった次の週のこと。わたしたちのクラスでは、終わりの会は日直の人が短い話をする。最近、はまっていることとか、ちょっとしたできごとや考えていることなどだ。そのあとで、ほかに話したい人がいれば意見を発表する。特になければ先生が短い話をして終わる。この日は、意見を言う人がいないのを見て、大西先生が言った。

「今日は、子どもの権利条約《けんりじょうやく》について少しお話したいと思います」

少し改まった口調だったので、いきなり何？　というふうに、教室内がざわついた。

先生は、

子どもの権利《けんり》条約《じょうやく》
一九八九年十一月　国連総会《こくれんそうかい》で採択《さいたく》
一九九四年四月　日本も条約《じょうやく》を国会で審議《しんぎ》して承認《しょうにん》
現在《げんざい》、この条約《じょうやく》を守ることを約束した締約国《ていやくこく》・地域《ちいき》の数は一九六
こども基本法《きほんほう》（日本の法律《ほうりつ》）二〇二三年四月施行《しこう》

と黒板に書いた。

「聞いたことがある人がいますか？」

何人かが手を上げた。わたしも聞いたことがあったので、ちゃんとは知らないけれど手を上げた。

「子どもには、大人と同じようにいろいろな権利《けんり》があります。それだけでなく、子どもだけが持っている権利もあります。そして、こうした子どもの権利を守ることを、日本

は世界の国々に約束をしています。そして、子どもの権利条約《けんりじょうやく》と日本の憲法《けんぽう》を基礎《きそ》にして、少し前に、こども基本法《きほんほう》という法律《ほうりつ》ができました。では、子どもの権利って何？　大人の権利とどこがどうちがうの？　興味《きょうみ》がある人は、調べてみてください」

「いつまでに調べればいいですか？」

と聞いたのは、千葉《ちば》くん。

「これは宿題ではありませんから、いつまで、ということはありません」

宿題ではないと聞いたとたん、空気がゆるむ。教室内を見回すと、ほっとしたような顔の人も多かった。

光咲《みさき》と下校する途中《とちゅう》で、わたしは、

「ねえ、先生の言った子どもの権利条約《けんりじょうやく》について、いっしょに調べてみない？」

とさそった。

「うん。あたしも、調べてみようかなと思ってた」

その日、わたしたちは一度家に帰ってから、近くにある市立図書館に行くことにした。

図書館の子ども室で、わたしと光咲は、カウンターにいた図書館員さんに聞いた。

「すみません、子どもの権利条約《けんりじょうやく》のことを知りたいんですけど」

図書館員さんは、わかりました、というふうにうなずいて立ち上がると、いつもわたしがよく見ている、物語とかがならんでいる棚《たな》とは別の棚の方に歩いていく。わたしたちもそのあとについていった。

「この本は、図版《ずはん》も多いし、わかりやすいと思うよ」

本を受け取ってお礼を言ってから、わたしと光咲は閲覧席《えつらんせき》にならんですわった。本をぱらぱらとめくると、光咲が、

「子どもの権利条約《けんりじょうやく》の、四つの原則《げんそく》だって」

と、ささやくように言ってから、またすぐに口を開く。

「葉菜《はな》、見て。差別の禁止《きんし》だって」

「でも、それって当たり前だよね。そうはいっても、外国から来た子が差別されたとかって、聞いたことがあるけど」

「ねえ、性別《せいべつ》による差別だって、そうだよね。だったら、あたしのおじいちゃん、この条約《じょうやく》を守ってないということになるんじゃない？」

「そうだね」

「だからって、法律違反《ほうりついはん》だ、っておじいちゃんに言っても、伝わらないだろうなあ」

と光咲はため息をついた。

「ねえ、この四つの原則《げんそく》のこと、明日、終わりの会の時に話してみようよ」

「そうだね。大事なことだもんね」

光咲は、ようやく少し明るい声で言った。


図書館から帰ってきた時、マンションのエントランスで、賢也《けんや》のお母さんとばったり会った。賢也のお母さんは、マスクをしていた。

「こんにちは」

「あら、葉菜ちゃん、久《ひさ》しぶりね」

と目を細めた。ちょうど夕焼けチャイムが鳴ったばかりで、仕事から帰ってくるにはまだ早い時間だった。

「今日は、早いんですね」

「ちょっと風邪《かぜ》気味《ぎみ》で、仕事はお休みしたのよ」

そのままいっしょにエレベーターに乗る。三階に着くと、賢也のお母さんは、軽く手を振《ふ》って降《お》りていった。


次の日、終わりの会で日直が話したあとで、

「何か、発言することのある人はいますか」

と、言ったので、まずわたしが手を上げた。

「金沢《かなざわ》さん、どうぞ」

「昨日、わたしと久保《くぼ》さんは、図書館に行って、子どもの権利条約《けんりじょうやく》のことを少し調べたので、そのことを話します」

それから、光咲が立ち上がって発言した。

「えーと、子どもの権利条約《けんりじょうやく》というのは、四つの原則《げんそく》があります。一つ目は、子どもは、人種や国籍《こくせき》、性別《せいべつ》、障《しょう》がいがある、お金があるかないかなど、どんな理由でも差別されない、ということです。それから、二つ目は、ものごとを決める場合は、子どもにとってもっともよいことは何かを、第一に考えなくてはいけない、ということです」

光咲がそこまで言ってわたしを見たので、わたしは小さくうなずいてから口を開いた。

「三つ目は、すべての子どもの命が守られ、能力《のうりょく》を十分に伸《の》ばして成長できるように、教育や医療《いりょう》を受けたり、生活の助けを受けられるということです。四つ目は、子どもは自分に関係のあることについて、自由に意見を言えて、大人は子どもの意見をちゃんと考える、ということです」

「この原則《げんそく》を知って、でも、これって守られてるのかな、って疑問《ぎもん》に思いました」

と光咲が言って、またわたしが続けた。

「たとえば、差別もあるし、ご飯がちゃんと食べられない人もいます。でも、まだ原則《げんそく》を知っただけなので、これからもっと勉強したいと思いました」

わたしと光咲がすわると、すぐに大西先生が教壇《きょうだん》に立った。

「さっそく調べてくれたのね。ありがとう。子どもの権利《けんり》を守ることは、とても大切なことです。子どもは、一人ひとり、差別されたりしないで、命を大切に守られて成長する権利《けんり》があります。勉強する権利も遊ぶ権利もあります」

「遊ぶのも権利なの？」

とだれかが言った。

「そうですよ。遊ぶことは大事なんです」

先生はにこっと笑った。

「でも、実は、守られるだけじゃない。それが今、金沢さんが言った、四つ目の原則《げんそく》です」

「四つ目って何だっけ？」

まただれかの声がした。でも、先生は、その四つ目のことをすぐに言わなかった。

「わたしがみなさんぐらいの子どもだったころのことを話します。わたしの父はきびしい人で、わたしが何か言おうとすると、よく叱《しか》られました。どんなふうに叱ったかというと、おまえはだまってろ、というふうにです。それが、父の行動についてだったらいいのですが、ときには、わたしに関係すること……たとえば、どんな服を買うかとか、どんな習いごとをするかとか、どの高校を受けるか、ということに対しても、父が決めようとしました。それってどうなのでしょうか？　みなさん、ちょっと考えてみてください。じゃあ、今日はここまでです」

終わりの会のあと、紀里佳《きりか》が同じグループの子たちと話しているのが、聞こえてきた。

「なんか、大西先生、思ってたより、おもしろくない？」

「そうかなあ？」

「だってさ。さっき、自分の話をしながら言ったのって、子どもに認《みと》められた権利《けんり》、大人が守ってなかった、ってことだよね。今だってそうだけどさ。おんなじこと、言われたことない？」

「子どもはだまってろ、とか？」

「そう、それ！　あたし、好きじゃない水着、着せられたし。前はいつもママが服を選んでたから。それに、学校に来ないでって言ったのに何度も来たし。でも、自分の思ってることは堂々《どうどう》と言っていいんだよね」

そう言った紀里佳と目が合った。紀里佳は、にやっと笑った。あれから、紀里佳はパンツスタイルで学校に来ることが多くなっている。

わたしは、いつものように、光咲といっしょに学校を出た。

「ねえ葉菜。あたし、紀里佳ってちょっと苦手だったけど、紀里佳もいろいろ大変だったんだね」

「そうだね。紀里佳が、大人が子どもの権利《けんり》を守ってないって言ったの、そうだなって思ったし」

「だよね。だけど、大人に、子どもはだまってろ、って言われたら、なにが言えるんだろう」

「きっと、子どもの権利条約《けんりじょうやく》とか、ちゃんと知らない大人もたくさんいそうだね」

わたしの言葉に、光咲はうなずいた。

「でも、やっぱりいいなあ、葉菜の家は、親の理解《りかい》があって」

そんなことない。と心の中で思ったけれど、口にはできなかった。


光咲と別れてしばらくすると、前の方を賢也が歩いているのが目に入った。わたしは足を速めて、

「賢也!」

と、うしろから呼《よ》んだ。賢也がゆっくり振《ふ》り返《かえ》る。それからわずかに顔をしかめる。

「賢也、なんでそんな顔するの?」

「え? あ、いや、夕日がまぶしかっただけ」

それならいいけれど。前みたいにいらいらしてるって感じじゃないけれど、どうも元気がないみたいだ。

「そうだ、昨日の夕方、おばさんに会ったよ。風邪《かぜ》、よくなった?」

「え? 風邪なんて、ひいてないよ」

「でも、風邪で仕事休んだって。マスクしてたし」

「……そうだった、かな」

「ねえ、賢也は、大西先生が言ってた、子どもの権利《けんり》のことってどう思った？」

「どうって、別に」

賢也は、アスファルトの道を削《けず》るようにつま先で蹴《け》った。それきり、会話がはずまなくなってしまった。そのままマンションに着いて、オートロックはわたしが解除《かいじょ》した。

エレベーターのドアが閉《し》まってから、

「子どもを守るって、どういうことかな」

と、賢也がつぶやいた。

「ちゃんとご飯を食べられるとか、ちゃんと学校に通って勉強ができるとか、じゃない？」

「……暴力《ぼうりょく》、振《ふ》るわれないとか」

はっとして賢也を見る。もしかして、賢也たちもお父さんから暴力振るわれるようになったとしたら……。

「お父さん、賢也のこと、なぐったりしてないよね？」

「しねえよ。おれのことは。静佳《しずか》のことも」

でも、おばさんのことをなぐったりするのだとしたら、前と変わってないということ？

「じゃあな」

賢也はそのままエレベーターを降《お》りていった。

もしかして、昨日、おばさんがマスクしていたのは、顔をなぐられたのをかくすため？　それで仕事も休んだのだろうか。

「知りたくなかったな……」

一人のエレベーターで、ぽつんとつぶやいた。賢也のお父さんが、家で暴力《ぼうりょく》を振《ふ》るってしまうことを、知っているのはわたしだけだ。偶然《ぐうぜん》だけど知ってしまった賢也のこと、紳《しん》のこと、そして光咲のこと……。

賢也や紳に比《くら》べたら、光咲に比べたら、わたしはまし？

でも、わたしだって少しはつらい。だって最近は、前みたいにお母さんやお父さんとうまく話せなくなっているから。結局、賢也のお母さんのことも、家では話さなかった。何ヵ月か前だったら、たぶん話していただろう。

次の日の朝、賢也のお母さんが仕事に行くのを見かけた。マスクはしていなかった。

家に帰るとまず宿題をする。宿題を終わらせてから時計を見ると、午後五時。お母さんが帰ってくるまではまだ時間があった。

わたしはスマホで、子どもの権利条約《けんりじょうやく》のことを検索《けんさく》してみることにした。むずかしそうなサイトもあったけれど、中には、子どもでもわかるように書かれたサイトもあった。

検索《けんさく》しているうちに、子どものスマホを親が勝手に見てもいいか、ということが書かれているサイトを見つけた。親は子どもを守らなくてはならない。だから、子どもが悪い人にだまされたりしてはいけないので、スマホをチェックすることは○《まる》。でも、断《ことわ》りなしに勝手に見るのは×《ばつ》とあった。だから、勝手に見ないで、って言ったわたし、まちがってないよね……。

ふいに、スマホが鳴った。光咲からの電話だった。

「もしもし」

〈あ、葉菜。あのね、児童館《じどうかん》で、チアダンスの体験レッスンがあるんだって。行かない？〉

「ほんと、いつ？」

〈今度の日曜だって〉

「行きたい！」

〈じゃあ、いっしょに行こうね！〉

わたしが電話を切った時、お母さんが帰ってきた。

日曜日。わたしは、お昼ご飯のあとに、

「これから、光咲と児童館《じどうかん》に行ってくるね」

と告げた。

「児童館《じどうかん》？」

お母さんは、何か言いたそうにしてたけれど、何をしに行くのか、とは聞かれなかったので、わたしはなるべく元気そうに、行ってきます、と言って出かけた。

外は、すっきりとした晴れ。でも、十一月も後半になると、けっこう風が冷たい。街《がい》路樹《ろじゅ》の葉っぱはすっかり色づいて、時々、風に吹《ふ》かれてはらりと舞《ま》っている。この葉っぱが全部散ると冬。クリスマスが来て、それからお正月。新しい年になったら、小学校も残り三ヵ月。そしてわたしたちは中学生になる。

児童館《じどうかん》の前で、光咲が待っていた。わたしに気がついたようで、手をぶんぶん振《ふ》っている。

「光咲、なんか元気だね」

「うん、だって、葉菜といっしょにおどれるもん」

いっとき、ダンスはもういいなんて言ってたのに、やっぱり好きなんだ、と思った。

わたしも光咲も、チアダンスは初めての体験で、動きやリズムがヒップホップとはぜんぜんちがう。基本《きほん》の立ち方も、しっかり気をつけの姿勢《しせい》だ。動作がすごくキビキビしている。でも、やっぱり思い切り体を動かすのは楽しい。参加した子全員が、拳《こぶし》をにぎったまま、同時にVの字型《がた》に手を上げる。その動作がそろうと一体感があって、なんかいいな、と思った。

体験レッスンが終わったあとで、わたしは、インストラクターのお姉さんにほめられた。

「柔軟《じゅうなん》だし、センスいいね。チア、向くと思うよ」

わたしだけがほめられたことを、光咲がどう思うかちょっと気になった。でも光咲は、

「そうなんです。葉菜は、前からヒップホップも上手だったの」

と、にこにこしながら言った。それがうれしかった。

「側転できる？」

「はい。わりと得意かも」

「いいね。チアにはバク転とかの技も入るし、決まるとかっこいいよ」

「バク転かあ、やってみたいです。ありがとうございました」

わたしたちは、インストラクターのお姉さんにお礼を言った。

それから、児童館《じどうかん》のラウンジで、マイボトルのお茶を飲みながら二人でおしゃべりした。

「あのね、葉菜」

光咲が笑顔で話しかけてくる。今日の光咲は、ダンスも楽しそうだったし、表情《ひょうじょう》が明るい。

「何？　いいことあったの？」

光咲は、こくんとうなずいた。

「昨日、おじいちゃんに言ったの。差別しないでって」

「ほんと？　すごい。でも、怒《おこ》ったんじゃない？」

「うん。怒《おこ》った」

そう言いながらも、光咲はまだにこにこしている。

「だいじょうぶだったの？」

「パパとママが、あたしの味方してくれたの」

光咲は、昨日あったことを話してくれた。

「おじいちゃんがね、また耀太《ようた》におもちゃを買ってきたの。それで、なんで差別するのか、と聞いたの。耀太をひいきするだけならまだしも、あたしにばかり家のことを手伝えと言ったり、着ている服に文句《もんく》を言ったりするのは差別だって」

「そしたら？」

「おじいちゃん、かっとなって、手を振《ふ》り上《あ》げた。あたし、あ、なぐられるって思ったの。今まで、小言はたくさん言われたけど、なぐられたことはなかったんだよね。それで、目をつぶってしまった。でも、なぐられなくて、目を開けたら、おじいちゃんとあたしの間に、ママが立ってたの」

「おばさん、なぐられたの？」

と聞くと、光咲は首を横に振《ふ》った。

「それはなかった。それで、ママが、あたしのこと抱《だ》きしめて、ごめんね、ずっとがまんさせて。ママたちが悪かった、って言ったの」

「そしたら？」

「おじいちゃんが、パパに向かって、おまえが甘《あま》やかすからだってどなった」

「ひどい」

「でも、パパは、大きな声を出さないでください、って言ってから、耀太に聞いたの」

「耀太くんに？」

「うん。耀太は、おじいちゃんからいろいろ買ってもらっているから、これからおじいちゃんに耀太が何か買ってもらったときは、おねえちゃんにはパパとママが買ってあげる。耀太には買ってあげない。それでいいかな？　って」

「それで？」

「耀太、しばらくだまってうつむいてた。それから、おじいちゃんに言ったの。ぼくだけ、ひいきしないで、って。そしたら、ママが、男の子だとか女の子だとか、関係ありません。二人ともわたしたちの大切な子です。今後も差別するつもりなら、二人には関わらないでくださいって」

「おじいちゃんは？」

「ふきげんそうに、部屋にこもっちゃった」

「変わってくれるかな」

「わかんない。でも、パパとママが味方だから」

「よかったね。ほんとに、よかったね、光咲」

そう言いながら、なぜかわたしは涙《なみだ》ぐんでしまった。おじいさんといっしょに暮《く》らすようになって、光咲はずっと苦しんできたことを思い出したのだ。見ると、光咲もちょっと泣き笑いの顔。

「あたし、いろいろ言われて、それで、だんだん自信をなくしていった。あとから、ママにそう言ったら、ごめんね、光咲にそんな思いをさせてって、何度もあやまった。もっと早くにママが言うべきだったって」

「そうだね。でも、光咲、ちゃんと自分の考え、言うなんて、すごい」

「だって、子どもの権利《けんり》だもん。だから、緑野中《みどりのちゅう》に進学したら、葉菜とダンスやれるかな。ねえ、チアもいいよね。けっこう衣装《いしょう》かわいいし」

光咲はにっこりと笑った。久《ひさ》しぶりに見る、心からの笑顔だと思った。

何日かたってから、おじいさんの様子を光咲に聞いた。

「あたしに文句《もんく》言わなくなったよ。ずいぶんがまんしてるのわかったから、最初、ちょっとかわいそうな気もしたけど」

「ずっと光咲の方がかわいそうだったよ」

「……さびしかったのかも、って思うの。おばあちゃん、急に亡《な》くなったから。でも、今思うと、おばあちゃんに対しても、いばってたかな。昔の人だからって、パパは言うけど」

「それで片《かた》づけられたら、こっちはたまらないよね」

「だよね。けど、最近、友だちができたみたい。おそば屋さんで知り合ったおじいさんで、その人と碁《ご》を打ちに、出かけるようになったよ」

そう言って、光咲はにかっと笑った。

九　おれ、負けないから

十二月になって最初の日曜日の夜。

わたしはリビングでテレビを見ていた。お父さんとお母さんは、キッチンで夕飯の後《あと》片《かた》づけをしていた。

ふいに、ピンポーンとドアホンが鳴った。

「お母さん、だれか来たみたい」

「だれかしら、こんな時間に」

そう言いながらキッチンから出てきたお母さんが、玄関《げんかん》に向かう。

「夜分にすみません」

聞き覚えのある女の人の声。賢也《けんや》のお母さんみたいだ。お母さんがドアを開いた。

「星野《ほしの》さん、どうかしました？」

「実は、わたしたち、引《ひ》っ越《こ》すことになりまして」

え？　うそ……。

わたしは、あわてて玄関《げんかん》に向かうと、賢也のお母さんに聞いた。

「引《ひ》っ越《こ》すって、どういうことですか？　どこに？」

「あ、葉菜《はな》ちゃん、こんばんは。引《ひ》っ越《こ》し先は、茨城《いばらき》のわたしの実家なの」

「茨城？　じゃあ、賢也、転校するの？」

「ええ。こっちの学校に登校するのは、明日が最後になります」

「それは……。さびしくなりますね」

お母さんの言葉に、おばさんはちょっとだけ笑って言った。

「夫は、残りますので」

「あら、そうなんですか」

わたしは、お母さんの方を見た。それって、離婚《りこん》するってこと？

「賢也と静佳《しずか》と三人で、実家にもどります。別居《べっきょ》して、様子を見ようと……」

賢也のお母さんは、わたしのお母さんに洋菓子店《ようがしてん》の袋《ふくろ》をわたすと、丁寧《ていねい》に頭を下げて帰っていった。

賢也がいなくなる……。

中学もいっしょだと思っていたのに。賢也は、幼《おさな》なじみとはいっても男子だし、すごく仲がよかったわけではない。それでもやっぱり、いなくなるのはさびしかった。

でも……。賢也の両親が別々に暮《く》らすことになったのは、家庭内での暴力《ぼうりょく》が原因《げんいん》だろうから、賢也たちにとっては、その方がいいのだ、きっと。

月曜日の終わりの会で、大西《おおにし》先生が賢也の転校を告げた。

えー？　とおどろくような声があちこちから起こった。無理もない。三ヵ月ちょっとたてば卒業式なのだから。

「急に決まったので、お別れ会もできませんが、星野くん、一言あいさつしてください」

先生に言われて、賢也は、前に立った。

「急に引《ひ》っ越《こ》すことになりました。みんなといっしょに卒業できないのは残念だけど、しかたがありません。けんかしたり迷惑《めいわく》をかけたこともあったけど、ここでみんなといっしょに勉強したり遊んだりして楽しかったです。ありがとう。さようなら」

賢也は、深々と頭を下げた。

賢也は、学校に置いてあった鍵盤《けんばん》ハーモニカや絵の具なんかも、すべて持ち帰らなくてはならないので、わたしは運ぶのを手伝うことにした。

「サンキュー」

と、さばさばした声で言ったけれど、内心では何を思っているのだろうか。

下校の時は、ほとんどのクラスメイトに送られるような形で、いっしょに校門に向かった。

「元気でね」

口々に声をかけられた賢也は、おだやかな笑顔でうなずいていた。途中《とちゅう》まで帰り道がいっしょだった同級生たちとも別れて、わたしと二人になった。

「葉菜、この前、母さんがマスクしてたの見たって言ってたよな」

「……うん」

「あん時もさ、母さん、なぐられて、ほっぺたがはれてて」

やっぱりそうだったんだ。

「やさしいときも、あるんだ」

「……だよね。ギターとか、上手だし。だじゃれもおもしろいし」

「なんだかなあ。いつからこんなことになったんだろ、って思うけどさ。おれにはどうしようもないし。母さんがなぐられるの、マジ、見たくないし。それに……一度だけだけど、父さん、静佳のことなぐったんだ。はっとなってすぐにあやまったけど。たぶん、それで、母さん、決心したんだと思う」

静佳ちゃんは、まだ二年生なのに。

「そうだったんだ。……おじさん、別に暮《く》らすことに賛成《さんせい》したの？」

「まーね。でも、しぶしぶかも。おれを見捨《みす》てるのかって、泣きそうだったし。そんなふうに言うなら手出すなよ、って思うけどさ。父さん、前の会社辞《や》めて仕事さがしてて、明日、会社の面接《めんせつ》なんだ。それで出かけるから、その間に引《ひ》っ越《こ》すことにした。土壇場《どたんば》で、やっぱり行くな、って引《ひ》き留《と》められたりしないように」

「……大変だったんだね」

「でも、まだいいのかも」

「え？」

「大西先生、相談に乗ってくれてたんだけどさ」

「そうだったの?」

ちょっとびっくりして、声が裏返《うらがえ》ってしまった。

「うん。そん時、いろんな話、聞いた。何年か前の話だけど、先生が担任《たんにん》していたクラスで、暴力《ぼうりょく》を振《ふ》るうお父さんからこっそり逃《に》げるために、仲のいい友だちにもお別れを言えなかった子がいたって。追いかけてくるから。でも、うちはそこまでじゃないから」

「お母さんのお仕事は?」

「あっちで見つかりそうだって言ってる。しばらくは、じいちゃんとばあちゃんの世話になる。だから、おれもしっかりしないと」

マンションの前に着いて、わたしがドアを開けた。そしていっしょにエレベーターに乗る。

エレベーターが三階に着いた時、賢也がわたしを正面から見た。

「葉菜、おれ、負けないから」

「うん。またいつか、会おうね」

わたしは、笑って手を振《ふ》る。エレベーターのドアが閉《し》まる。それから動き出す。笑顔が固まって、涙《なみだ》がすっと流れた。

教室の風景は変わりなかった。でも、今まで当たり前にいた賢也の姿《すがた》がない。

「なんか、さびしいっていうか」

ぽつりと紀里佳《きりか》がつぶやいた。

賢也がいなくなってから一週間ぐらいたった。終わりの会で樹紀《みきのり》が手を上げた。ふだん、めったに発言しない樹紀が立ち上がったことにおどろいたのは、わたしだけでなかっただろう。

「ぼくたちはもうすぐ中学生になります。それで、中学の部活のことで、みんなに話したいことがあります」

そう断《ことわ》ってから話し出したのは、樹紀のお兄さんが所属《しょぞく》している部活で起こったできごとだった。

「ぼくの兄は、中学でバレーボール部に入っています。その部活で、体罰《たいばつ》があって問題になっています。顧問《こもん》の先生が、生徒たちを正座させて、ボールを投げつけて、部員の一人が鼻血を出してしまいました。ぼくの兄はやりすぎだって思ったけど、ほとんどの部員は、さわぐことじゃないって言ってるそうです。ぼくの父も、運動部ではよくあることだ、と言いました。みなさんは、どう思いますか」

「まず、田中《たなか》くんは、どう思った？」

大西先生が樹紀に聞いた。

「ぼくは、体罰《たいばつ》は暴力《ぼうりょく》だから、よくないと思いました」

「おれ、小さいころ、よく父さんになぐられた。言うことをきかないおまえが悪いって」

だれかがそう言うと、ほかにも、うなずいている子がいた。

「言葉で言えばいいと思います」

そう言ったのは光咲《みさき》だった。

「けど、言ってもわからないからだって言われる」

「それ！　しつけだ、とかって言うんだよね」

「いきなりなぐるとか、あるよな」

そんな言葉があちこちから聞こえて、教室内がちょっとざわつくと、先生は、静かに、というふうに、手で制《せい》してから言った。

「なぐられたことがある人は、その時、どんな気持ちがしましたか？　自分が悪かったから、しかたないと思いましたか？」

すぐに、何人かの子が発言した。

「あたしは、八つ当たりされたみたいで、すごくいやだったです。痛《いた》かったし、悲しかった」

「ぼくは、自分がだめな子だって言われたみたいな気がして……」

「うちでは、おればかりなぐられるから、兄ちゃんがひいきされてる感じがしました」

いくつかの意見が出たあとで、先生がまた口を開いた。

「田中くんが言ったように、体罰《たいばつ》はぜったいにしてはならないことです。法律《ほうりつ》でも禁止《きんし》されています。もしも、みなさんが体罰《たいばつ》を受けたら、身近の大人の人に相談してください。わたしでもほかの先生でも、スクールカウンセラーの先生でもいいですからね」

すると、また光咲が発言した。

「あの、さっきは言葉で言えばいいって言ったけど、言葉でもひどいことを言ってはいけないと思います」

「そうですね。言葉の暴力《ぼうりょく》、ということもありますね」

わたしは、ふと、賢也のことを考えた。それで、思い切って聞いてみた。

「先生、自分が暴力《ぼうりょく》を振《ふ》るわれなくても、家族とか、友だちとかが、だれかになぐられたり、ひどいことを言われたりするのを見るのも、つらいと思います」

先生は、何度もうなずいてから、

「もし、そんなことがあったら、それも、先生たちに相談してください」

と言った。

ふとクラスを見回すと、みんな、真面目な顔で先生の言葉に耳をかたむけていた。


クリスマスが間近にせまった土曜日。光咲と交換《こうかん》するためのプレゼントを買おうと思って、駅前ショッピングセンターの文房具店に行った。店の前にはツリーがかざられて、店内から聞こえてくるのもクリスマスソングだ。わたしは、花柄《はながら》と猫柄《ねこがら》のマステを選んだ。きっと光咲は気に入ってくれるはずだ。

クリスマスが待ち遠しかった。プレゼントがほしいとか、そういうことではない。クリスマスの日に、トシ兄が帰ってくるからだ。お母さんにスマホを見られてから、トシ兄には、家族のグループＬＩＮＥでしかメッセージを送っていない。

光咲はスマホをまだ持っていない。そのことがずっと残念だったけれど、もしも、光咲とLINEでやりとりしていたら、それもお母さんに見られたりしたのだろうか。そう思うと、かえってよかったような気もする。

お店からの帰り道、四ツ木《よつぎ》公園のそばまできた時、小さい子たちのはしゃぐような声が耳に届いた。そっとのぞくと、低学年ぐらいの子たちがかけまわって遊んでいる。わたしは公園の中を通ることにした。まわりの道を歩くよりちょっとだけ近道になるのだ。公園内の桜《さくら》の木は、もうすっかり葉を落としている。見上げると、細い枝《えだ》の先に夕焼け空が広がっていた。

公園を出るとすぐに、交差点がある。信号が青に変わって、横断歩道《おうだんほどう》を歩きはじめた時だった。すごい勢《いきお》いで曲がってきた自転車が、信号を無視《むし》して近づいてきた。あやうくぶつかりそうになって、あわてて一歩下がる。そのとたんに、足をひねって転んでしまった。

「いた……」

自転車はあっという間に遠ざかっていく。乗っていたのは若《わか》い男の人だった。

「だいじょうぶかい？」

頭の上で声がして顔を振《ふ》り向《む》けると、お父さんぐらいの年の人が、心配そうに見ていた。

「……だいじょうぶです」

と言いながら立ち上がったけれど、よろけてしまった。男の人はさっとわたしの腕《うで》をつかんで支《ささ》えてくれた。

「ひどいなあ。信号無視《しんごうむし》して、乱暴《らんぼう》に走りさるなんて。けがしなかった?」

転んだ時はわからなかったけれど、左足をひねったような気がする。それに、地面に手をついてしまったので、手のひらにすり傷《きず》ができていた。

「父さん」

男の人のうしろから声がした。だれ、というふうに顔を動かすと、立っていたのは紳《しん》だった。

「横堀《よこぼり》くん……の、お父さん?」

「あ、うん。父さん、この人、ぼくと同じクラスの金沢《かなざわ》さん」

「そうだったのか。金沢さん、足をひねったみたいだね」

「……はい」

「歩ける?」

「たぶん、だいじょうぶです」

「でも、湿布《しっぷ》した方がいいかな。紳、いっしょに公園のベンチで待ってなさい。湿布薬《しっぷやく》を持ってくるから」

紳のお父さんは、そう言うと早足で歩き去った。わたしは、左足を引きずりながら、公園の中のベンチまで歩いてすわった。

「ぼくの家、すぐそこだから」

「うん。ありがとう」

足首をさわってみると、ちょっとはれてるみたいだった。すごく痛《いた》いわけじゃないけれど。

「あの……金沢さん、前に保健室《ほけんしつ》で、ぼくのこと、稲葉《いなば》先生と話してたよね」

「え？」

はっとしてそばに立つ紳を見上げる。ダブルダッチしていて転んで、保健室《ほけんしつ》に行った時だ。

「なんか、わたし、よく転ぶみたい」

少しごまかすような調子で言ったけれど、紳は小さく息をはいて、またおずおずと口を開いた。

「金沢さん、一学期、席がとなりで同じ班《はん》だったから、修学旅行《しゅうがくりょこう》の時も、バスの席が近かったし……」

「……わたし、だれにも話してないよ」

「知ってる。それも、聞いてたし」

「…………」

「最近はだいぶ平気になったけど、前は教室に行くと、気分が悪くなって。いろいろ、思い出すから」

「それで、保健室《ほけんしつ》にいたの？」

「うん。保健室《ほけんしつ》で、絵を描《か》いてた。稲葉先生が、好きに描いていいよ、と言ってスケッチブックをくれた」

その時、紳のお父さんがもどってきたので、話はとぎれた。

「骨《ほね》には異常《いじょう》はなさそうだな」

紳のお父さんが、わたしの足首に手を当てて言った。それから、湿布薬《しっぷやく》を貼《は》ってくれた。ひんやりと冷たくてすーすーする。

「手、すりむいてるね。洗《あら》ってから、これ貼《は》りなさい」

わたしは、大きめのばんそうこうを受け取った。

「ありがとうございます」

「はれがひかなかったり、痛《いた》みがひどかったら、お医者さんか、整骨院《せいこついん》に行くといいよ。家は近いの？　歩けるかな？」

「五分ぐらいです」

わたしは立ち上がった。なんとか歩けそうだ。

「父さん、ぼく、送ってく」

「そうか。じゃあ、買い物は、父さん一人で行くから」

紳のお父さんはにっこり笑って、もどっていった。

「いいお父さんだね」

そう言ってから、砂場《すなば》のそばの水道まで歩いて、手を洗《あら》った。それからばんそうこうを貼《は》った。

「ぼくんち、二人家族だし、協力してがんばろうって言ってる」

足を引きずりながらだと、かなりゆっくりした歩き方になるけれど、紳はそれに合わせてとなりを歩いている。

「……お父さん、何か言った？　さっきの……」

「杉田《すぎた》のこと？」

紳は、杉田先生を呼《よ》び捨《す》てにした。

「……うん」

「怒《おこ》ってた。メッチャ怒《おこ》ってた。それから、自分が悪かったたって」

「自分？」

「父さんのこと。父さん、仕事で家を空けることがあったから。長距離《ちょうきょり》トラックの運転手だったんだ。それで、朝ごはんぬきで学校に行った時、杉田がパンをくれたんだ」

知ってる、とは言わなかった。

「最初は、いい先生だと思った。おもしろくてやさしくて。でも、それで、つけ込《こ》まれたんだって、父さんが言った。だから、自分のせいだって。……今は別の仕事してる。夜、ちゃんと帰ってこられるように」

「お父さんはぜんぜん悪くないよ。横堀くんもぜんぜん悪くないよ」

わたしはきっぱりと言った。

「杉田、前の学校でも、問題があったんだって。でも、証拠《しょうこ》がなかったし、ふつう、先生が悪いことするって思わないから」

「でも、うちの学校では……」

「稲葉先生が、見たから」

わたしは、修学旅行《しゅうがくりょこう》の帰りのことを思い出した。それであの時、稲葉先生は、ずっと紳のことを気づかっていた。

「クズだね、杉田」

わたしは、はきすてるように言った。

「大西先生もそう言った」

「え？」

「先生のくせに、子どもを苦しめるなんて、クズだって」

「大西先生が、クズなんて言ったの？」

「うん」

紳はほんの少しだけ、ほほをゆるめた。

「いいよね。大西先生。わたし、いい先生だと思うな」

「うん」

「でもさ、クズの大人っているよね。田中くんが言ったみたいに、暴力振《ぼうりょくふ》るう先生とか、暴力振るう親もいるし、差別する大人もいる」

「……うん」

「賢也……星野くんも、いろいろあって、転校したんだよ」

「そうなんだ。急だったから、びっくりしたけど」

「わたし、同じマンションに住んでて、幼《おさな》なじみだったの。最後の日、荷物を持ち帰るの手伝ったんだ。その時、言ってた。おれ、負けないからって」

「……ぼくも、負けたくない」

それは、消え入りそうなくらい小さな声だった。でも、たしかに紳はそう言った。


終業式の日。

「明日から冬休みですね。年が明けると、いよいよあと三ヵ月でみなさんは中学生になります。なので、特別の宿題を出します」

ええ？　と不満そうな声があちこちから起こった。

「宿題って、何ですか？」

だれかが聞いた。

「子どもの権利《けんり》を守るのは、大人の責任《せきにん》です。でも、世の中には、いい大人ばかりではありません」

先生はそう言うと、黒板に向かって、チョークを走らせた。


いい大人とは何かを考えてみる。


いい大人。その反対は、悪い大人だ。ちらっと杉田先生の顔が浮《う》かんだ。じゃあ、光咲のおじいさんはどうだろう。賢也のお父さんだって紀里佳のお母さんだって、悪い大人とまでは言えない気がする。

「作文みたいに提出《ていしゅつ》するんですか？」

紀里佳が聞いた。

「考えるのが宿題だから、提出《ていしゅつ》はしなくていいです。では、みなさん、風邪《かぜ》をひかないように気をつけて、楽しいクリスマスとお正月をすごしてください」

光咲からのクリスマスプレゼントは、細いリボンのついたヘアゴム。子どもっぽくなくて一目で気に入った。わたしはさっそく、そのヘアゴムで髪《かみ》を留《と》めた。

十　決めるのはわたし

　クリスマスに、トシ兄が北海道から帰ってきた。わたしはようやく、お母さんにスマホをチェックされていた話を伝えることができた。

「そっか。それで、ＬＩＮＥしてこなかったんだな」

「うん」

「友だち、光咲《みさき》ちゃんだっけ？　ほんとに寮《りょう》のある高校に行きたいのかな」

「それはもう、だいじょうぶみたい。おじいさんがね、弟ばっかかわいがって、差別するって悩《なや》んでたの。男の子は跡取《あとと》りだから女の子より大事だって考えなんだって。でも、もう解決《かいけつ》した」

「解決？」

「光咲、おじいちゃんに、差別しないでって言ったんだよ。そしたら、光咲のお父さんとお母さんが、味方してくれたんだって」

「いい親だな」

「そうだね」

でも、本当はもっと早く、光咲の味方をしてほしかった気もする。

「光咲ちゃんも、えらいなあ。おれなんか、逃《に》げただけだからな」

「……逃げたって？」

「葉菜《はな》を一人にしたこと、ずっと気にしてたんだ。でもまあ、母さんたちも、葉菜には甘《あま》いから」

「そんなこと、ないと思うけど」

わたしが口をとがらせると、トシ兄は、少し口元をゆるめた。

「葉菜は葉菜で、大変かもしれないけど、でも、わりと話は聞いてくれるだろ？」

「どうかな」

「とにかく、おれは、息苦しくて逃《に》げた。だから、葉菜のそばにいてやれなくて、悪かったなって思ってる」

「息苦しいって？」

「無言の圧力《あつりょく》を感じたんだよな。言ってることはいつだって正論《せいろん》だし、感情的《かんじょうてき》になったり、怒《おこ》ったりしない。父さんも母さんも、自分たちのことを、理解《りかい》ある親だと思ってるんじゃないかな。けっして、いい成績《せいせき》をとれとか、勉強がんばれとか、口では言わない。けれど、内心ではそう思ってるのがわかってしまう。高校も、公立でも私立《しりつ》でも、好きなところに行きなさいって言ったけど、本当は、学力の高い、父さんの母校に行ってほしい、と思っているのが、透《す》けて見えた」

「透けて見えるって？」

「おまえが決めなさいって言いながら、選んでほしいもののいいところをたくさん話すし、選んでほしくないものをそれとなくディスる」

「それって、どんなふうに、言うの？」

「部活とかもそうだった。中学に入った時、バレーボール部に入りたいって言ったんだけど、バレーボールはけがが多いって。それで、陸上部に入った。入ったら楽しかったから、今も続けているけれど、でも、バレー部に入ったら、ちがう楽しさだってあっただろうな。バレー部をさりげなく批判《ひはん》して、それでも、運動部でも文化部でも、決めるのは季和《としかず》だから、って言うんだよね。おれも、何か変だなって思いながら、自分で決めた気になっている」

　思い当たることがあった。英語かヒップホップか。考えてみれば、わたしは中学受験をするわけではないのだから、二つともやることだってできた。ヒップホップは、児童センターのクラスだから、お金だってほとんどかからないのだ。たぶん、お父さんもお母さんも、本当はダンスが好きではないのだ。発表会には来てくれたし、衣装《いしょう》にも文句《もんく》言ったりしなかった。でも、考えてみれば、ダンスのレッスンのことを、家で話したことはほとんどない。それは、お母さんもお父さんも、それほど興味《きょうみ》を持ってくれなかったからじゃないだろうか。

「……今の高校に行くことは、話し合って決めたんだよね。お父さんたちは、最初は反対だったらしいけど、認《みと》めてくれたんだよね」

「話し合ったわけじゃないよ」

「でも、お母さん、そう言ってたよ」

「そう言うしかないだろ。行きたい学校に進学していいって言ったくせに、大反対された。十五歳《さい》で親元を離《はな》れるなんてとんでもないって。けど、反対するなら高校行かない、っておれが言ったから」

トシ兄は、にやっと笑った。そうだったんだ。そんなことがあったんだ……。

「もちろん、北海道に行かせてもらったことには感謝《かんしゃ》してるよ。離《はな》れたから、冷静に考えられるようにもなったし。なんといっても、こっちはまだ子どもだから」

子どもだから、なかなか親には逆《さか》らえない。けど、子どもだって、自分の意見は言っていい。

「中学は、楽しかった？」

「今思えば、楽しい思い出はけっこうあるかな。ただ、進路を考えるようになってからは、孤独《こどく》だったな。強い風が吹《ふ》く中、つかまるものもなくて、一人でよろよろしながら歩いているみたいな感じだったかもしれない」

孤独《こどく》。強い風が吹《ふ》く中。言葉がずしんと胸《むね》にひびいた。どんな家族だって、いつもいつも、おだやかなわけではない。それに、家族だって、考え方はそれぞれちがう。ちがって当たり前だ。

「あのね、冬休みに、不思議な宿題が出ているんだ」

「不思議な宿題？」

「そう。いい大人とは何かを考える、っていうの。別に、作文にするとか、発表するっていうんじゃなくて、考えてみてください、っていうのが宿題」

「へえ？　おもしろい先生だな」

「うん。いい先生だよ」

「で、葉菜は考えたのか？」

「少しはね。でも、秘密《ひみつ》」

「葉菜は、うちの両親は、いい大人だと思う？」

「……どうかなあ。悪くはないと思うよ。だって、差別する大人もいるし、暴力《ぼうりょく》を振《ふ》るったりする大人も、いるし。ただ……たぶん、いいとか、悪いとか、簡単《かんたん》に言えないんじゃないかなって思う」

「そうか。葉菜もいろいろ考えてるんだな」

トシ兄は、静かに笑った。


新年を迎《むか》えて三《さん》が日《にち》が過《す》ぎたころだった。ふと、マンションの入り口を見て、あれ？と思った。住んでいる人の名前の中から３０３号室の「星野《ほしの》」というのがなくなっていたのだ。

もしかして、賢也《けんや》のお父さんも茨城《いばらき》に行ったのだろうか。ちょっと気になったので、賢也にLINEしてみた。それで、賢也のお父さんが、新しい会社に就職《しゅうしょく》が決まって名古屋に引《ひ》っ越《こ》したことを知った。いっしょに暮《く》らすようになったわけではないことに、ほっとしたけれど、賢也はどう思っているかはわからない。さびしい気持ちもあるかもしれない。

でも、新しい学校にも慣《な》れたし、元気で暮《く》らしているみたいだ。

いつかまた、どこかで会える日があるのだろうか。

三学期の始業式の前日。

お母さんが、緑野中《みどりのちゅう》の制服《せいふく》のカタログを見せてくれた。緑野中の制服《せいふく》は、紺色《こんいろ》のブレザータイプ。ほかに、ブラウスや、ベスト、夏用のポロシャツ、スカートやスラックス。それから、上靴《うわぐつ》やバッグなどもあった。

「スクールバッグとリュックでは、どっちがいい？　葉菜の好きな方を選べばいいわよ」

「うん。考えてみる」

「スカートも冬用と夏用と、二着ずついるわね」

その時わたしは、紀里佳《きりか》が中学ではスラックスにすると言っていたのを思い出した。それもいいかも……。

「スラックスでもいいんだよね。緑野中」

「え？」

お母さんが、何を言ってるの？　というふうな目でわたしを見た。

「何年か前から、女子のスラックスもＯＫになったって聞いたよ」

「だからって、やっぱり女の子はスカートの方がいいでしょ？　緑野中のスカート、かわいいし」

この前、トシ兄が言っていた、選んでほしいもののいいところをたくさん話す、というのはこういう感じなのだ。

「スラックスは、冬とか、あったかいみたい」

「葉菜、でも、現実《げんじつ》に、スラックスはいてる女子は、見かけないぞ。変に目立っていじめられたりしないか？」

と、お父さんが口をはさんできた。

今度は、それとなくマイナス点をあげて、やめさせようとする。

お母さんもお父さんも、スラックスには反対なんだ、ということはよくわかった。

わたしは、どうしたいのだろう。スカートがすごくいや、というんじゃない。でも、最初から、決めつけてほしくないのだ。

「まだ、時間があるから、自分でよく考えなさい」

お母さんが言った。自分で考えなさいという言葉の裏《うら》に、親の言うとおりにしなさい、という言葉が透《す》けて見えるような気がした。わたしは、思わず、ぎゅっと手を握《にぎ》ってから口を開いた。

「うん。考える。けど、着るのはわたしだから、わたしが決めていいよね」

お父さんとお母さんは、顔を見合わせてから、同時にわたしを見た。でも、何も言わなかった。


始業式の朝、教室に入ると、紀里佳たちが制服《せいふく》のことを話題にしていた。うちと同じように、冬休みに親がカタログを見せたのかもしれない。

「紀里佳は、ほんとにスラックスにするの？」

「そのつもり。ママはまだ大反対だけどね」

そんな会話を聞きながら席に着くと、光咲が、

「おはよう」

と言いながら近づいてきた。

「おはよう。光咲は、冬休みの宿題、考えた？」

「え？　ドリル以外、何かあったっけ」

「いい大人とは何か考えるってやつ」

「ああ、そうだったね。やっぱ、差別とかひいきしないってことかな。葉菜はどう思う？」

その時、大西《おおにし》先生が入ってきた。いっせいにみんなが起立する。そして、あいさつをすませたあとで、先生が聞いた。

「みなさん、宿題、考えてみましたか？」

だれかが、ひそひそと、でもみんなに聞こえるように、お年玉をたくさんくれる大人、と言って、笑い声が起こった。先生も怒《おこ》ったりはしないで、少し笑っていた。

わたしは、思い切って手を上げた。

「金沢《かなざわ》さん、どうぞ」

立ちあがったわたしは、すーっと息を吸《す》ってから、一気に言った。

「わたしが思ういい大人というのは、子どもの言い分をちゃんと聞いてくれる人です」

そのとたんに、体がふわっと軽くなったような気がした。

この作品は書下ろしです。
また、フィクションであり、実在する人物、団体等とは関係がありません。

となりのきみのクライシス

作　濱野京子（はまの・きょうこ）

熊本県に生まれ、東京に育つ。『フュージョン』（講談社）でJBBY賞、『トーキョー・クロスロード』（ポプラ社）で坪田譲治文学賞を受賞。主な作品に『アカシア書店営業中！』『はじまりは一冊の本！』（以上あかね書房）、『with you』『空と大地に出会う夏』（以上くもん出版）、『Mガールズ』『金曜日のあたしたち』（以上静山社）、『野原できみとピクニック』（偕成社）、『シタマチ・レイクサイド・ロード』（ポプラ社）、『この川のむこうに君がいる』（理論社）などがある。

絵　トミイマサコ

埼玉県出身・東京都在住。イラストレーター。主な装画に「家守神」シリーズ（おおぎやなぎちか作／フレーベル館）、『コカチン 草原の姫、海原をゆく』（佐和みずえ作／静山社）、「妖怪コンビニ」シリーズ（令丈ヒロ子作／あすなろ書房）、『ふたりのラプソディー』（北ふうこ作／文研出版）、『虹色のパズル』（天川英人作／文研出版）ほか多数。

装幀　坂野公一＋吉田友美（welle design）

2024年1月16日　第1刷発行
2024年7月29日　第2刷発行

作者 …………… 濱野京子
画家 …………… トミイマサコ
発行者 ………… 佐藤洋司
発行所 ………… さ・え・ら書房
東京都新宿区市谷砂土原町
三丁目1番地 〒162-0842
TEL　03-3268-4261
FAX　03-3268-4262
https:///www.saela.co.jp/
印刷所 ………… 光陽メディア
製本所 ………… 東京美術紙工

ISBN978-4-378-01565-1　NDC913　C8093
Printed in Japan